DAS TÜCKISCHE MEER
ENINSEL
SKEIF
WHISPERWORLD
SCHLUCHT
SCHULE
FAULSUMPF
MANDULARA
DEEPWOOD
UNKNOWN TERRITORY
LANDEPLATZ

Whisperworld

„Wenn die Meere sterben, sterben wir."

Paul Watson

Gründer der Tier- und Umweltschutzorganisation
Sea Shepherd

Band 1: Aufbruch ins Land der Tierflüsterer

Band 2: Flucht in die Wüste

Band 3: Geheimnis des Meeres

Weitere Abenteuer in Whisperworld
sind in Vorbereitung!

Barbara Rose

Whisperworld

Geheimnis des Meeres

Mit Bildern von Alina Brost

CARLSEN

WILLKOMMEN IN WHISPERWORLD

COCO

Coco ist die Kleinste in ihrer Familie und so wird sie auch behandelt: wie ein rohes Ei! Dabei hat Coco einiges auf dem Kasten! Sie interessiert sich sehr für Tiere und Pflanzen und hat mit ihrem Wissen schon unzählige Notizbücher gefüllt.

CHUCK

Cool, cooler, Chuck. Die Berufung nach Whisperworld war eine Überraschung für ihn. Denn eigentlich zieht er Probleme magisch an und viel Erfahrung im Umgang mit Tieren hat er auch nicht.

AMY

Amy ist eine Weltenbummlerin und meistens bester Laune. Mit ihren Eltern reist sie ständig umher und hat so schon viele Menschen und Orte kennengelernt. Doch eigentlich wünscht sich Amy nichts sehnlicher als ein Zuhause.

Mohit

Mohits Vater ist Tierarzt. Daher weiß Mohit viel über Tiere und wie man ihnen helfen kann. Mohit ist ein Teamplayer und unverzichtbar für die Gruppe.

Paul

Paul hat ein fotografisches Gedächtnis: Was er mal gesehen hat, vergisst er nicht! Dazu ist er noch eine Leseratte … Zu Hause wird ihm jeder Wunsch erfüllt, das wird in Whisperworld anders laufen …

Enisa

Enisa ist eine harte Nuss! Sie öffnet sich nur langsam. Aber wenn sie dir vertraut, ist das Wüstenmädchen für jedes Abenteuer zu haben!

Doktor Noa

Die Familie von Doktor Eleonor Noa hat Whisperworld entdeckt und die Tierflüsterer gegründet. **Löwe Carlos** und **Leguan Iggy** weichen ihr nicht von der Seite.

Inhalt

Die Legende der Tierflüsterer

Whisperworld – ein Land am Ende der Welt.
Geheim und verborgen.
Nur ein einziges Buch erzählt seine Geschichte.
In Whisperworld leben Tierarten, die längst
als ausgestorben galten.
Dort finden bedrohte Tiere eine Heimat.
Dort werden sie beschützt.
Beschützt von den Tierflüsterern.
Jedes Mädchen und jeder Junge träumt vom Ruf
nach Whisperworld.
Denn in Whisperworld werden Kinder zu Tierflüsterern.
Mädchen und Jungen, die alles geben,
um unsere Welt zu retten.
Wer wird auserwählt?
Wer darf bleiben?

Hörst du das Flüstern aus Whisperworld?

Prolog

Hell und glänzend strahlte der Vollmond am Himmel und eine kräftige Brise kräuselte die Oberfläche des Indigobachs.

Den ganzen Tag über hatte sich die Hitze im Deepwood festgebissen wie ein Tier in seiner Beute. Erst jetzt, in den späten Abendstunden, kühlte es im Dschungel ab.

„Genau die richtige Temperatur für ein erfrischendes Bad." Lady Poppy band sich die langen schwarzen Haare hoch und ließ sich ins Wasser gleiten. „Alle anderen schlafen längst, wir stören sicher keinen. Komm, Eleonor, du brauchst ein bisschen Entspannung. Und du hast deinen Badeanzug doch schon an. Worauf wartest du?"

Doktor Eleonor Noa blieb schweigend am Ufer stehen und betrachtete ein unglaubliches Schauspiel der Natur, das hier im Dschungel nur selten vorkam. In dieser Nacht wirkte das Wasser des Bachs, der südlich vom Hauptquartier der Tierflüsterer durch den Dschungel floss, nicht schlammfarben wie sonst, sondern schien in einem mystischen blaugrünen Licht zu glühen, als würde es von unten angestrahlt. Bei jeder Schwimmbewegung, die Lady Poppy machte, erstrahlte das Licht aufs Neue.

„Wunderschön! Biolumineszente Algen", flüsterte Doktor Noa beeindruckt. „Man nennt sie die Glühwürmchen der Meere, denn dort kommen sie häufig vor. In einem Bach wie unserem eher selten. Das sieht magisch aus."

„Komm jetzt endlich rein, Eli!" Lady Poppy hob ihren Arm und spritzte eine kräftige Ladung Wasser auf ihre Cousine.

Doktor Noa zögerte. Der Anblick war einfach überwältigend, sie musste ihn noch einen Moment genießen. Doch dann riss sie sich los, hob die Arme, spannte die Finger an und sprang kopfüber vom Steg ins kühle Nass.

Platsch!

Eintauchen.

Abtauchen.
Kein störendes Geräusch mehr, keinerlei Gedanken an die mögliche Gefahr, die seit Wochen über ihnen schwebte. In dem Moment, als sie vom Wasser umgeben war, fiel nach und nach die Anspannung von Eleonor Noa ab. Sie unterdrückte ihre permanente Sorge darüber, dass Fremde in Whisperworld eingedrungen waren, dass sich Feinde an diesem geschützten Ort aufhielten, die nicht davor zurückschreckten, Natur und Tieren zu schaden. Sie atmete tief ein und ließ sich nach unten gleiten.
Im Wasser gab es nur noch Schwerelosigkeit.
Völlige Ruhe.
Plötzlich stoppte Doktor Noa in ihren leichten Schwimmbewegungen. Etwas umfasste ihren Knöchel. Sie strampelte, aber es war zwecklos. Mit einem Ruck wurde sie an die Wasseroberfläche gezogen.
„Hab dich!" Lady Poppy lachte. „Genug entspannt. Los,

Wasserschlacht!“ Mit ausladenden Armbewegungen schob sie hohe Wellen auf Doktor Noa und hatte den Spaß ihres Lebens.
Glucksend wehrte Doktor Noa sich gegen die Angriffe, doch Lady Poppy war kräftiger und schaffte es immer wieder, Docs Kopf unter Wasser zu drücken.
In diesem Trubel bemerkte keine von ihnen den torpedoförmigen Körper, der durch den Indigobach auf die beiden Frauen zuschoss.
„Jetzt gehts dir an den Kragen, Eli.“ Lady Poppy rieb sich das Wasser aus dem Gesicht.
„Ha! Warts ab!“, röchelte Doktor Noa, die gerade einen Schwall brackigen Bachwassers abbekommen hatte. Sie hustete und musste die Augen schließen.
Die Rückenflosse pflügte immer schneller durch den Indigobach.
„Komm doch her, wenn du dich traust!“ Lady Poppy lachte.

„Vorsicht!“, kreischte Doktor Noa und aller Spaß war aus ihrer Stimme verschwunden.

Das Wasser des Indigobachs brodelte, schäumte und gurgelte, so rasant und zielgerichtet wälzte sich die Rückenflosse mit dem dazugehörigen Körper auf Lady Poppy zu.

Hektisch blickte Lady Poppy umher, um den Grund für Eleonors Ausruf und das unruhige Wasser zu entdecken.

„Was ist das?!“

Gerade wollte Doktor Noa die Hand ausstrecken, um Lady Poppy zu sich zu ziehen, da schoss ein breiter Kopf aus dem Indigobach. Ein gewaltiger Hai öffnete sein Maul und gab den Blick auf sein Revolvergebiss frei, viele Reihen langer, spitzer Zähne. Nur ein winziges Zucken und sie würden sich in Lady Poppys Körper bohren. Ihr Todesurteil, denn es handelte sich um einen riesigen, fast sechs Meter großen Weißen Hai.

Mit weit aufgerissenen Augen und schwachen Schwimmbewegungen starrte Lady Poppy den Hai an.
„Stopp!“ Doktor Noa hob die Hand aus dem Wasser. Ihr Tonfall war hart und duldete keinerlei Widerspruch.
Der Hai schien das ohne Weiteres zu akzeptieren, denn er schloss das Maul und glitt auf Doktor Noa zu.
„Eleonor …“, sagte der Hai.
„Havur, du bist es!“ Die Anspannung wich aus Doktor Noas Gesicht.
Der Hai schlug mit der Schwanzflosse in Richtung Lady Poppy. „Ich dachte, sie wolle dir etwas tun.“
Doktor Noa lachte erleichtert auf. „Wir haben nur Quatsch gemacht, Havur. Das ist meine Cousine, Lady Poppy. Ihr kennt euch noch nicht, stimmts?“
„Uff“, machte Lady Poppy nur und kraulte erschöpft zum Steg, um sich dort auszuruhen. Dabei machte sie einen weiten Bogen um das bemerkenswert große Tier.

„Du bist bestimmt nicht zufällig hier, Havur?“ Doktor Noa paddelte auf der Stelle. „Was dagegen, wenn ich es Poppy nachmache und wir vom Steg aus mit dir sprechen?“
Havur fletschte die Zähne. „Ich warte.“
Doktor Noa kletterte aus dem Wasser und setzte sich neben Lady Poppy. Doktor Noa bemerkte, dass sich auf dem Körper ihrer Cousine Gänsehaut gebildet hatte, ihre Zähne klapperten trotz der milden Temperaturen. Sie legte ihr die Hand auf die Schulter.
„Ein Mordsschreck. Aber es geht schon wieder.“ Lady Poppy lächelte.
Doktor Noa blickte zu Havur. „Warst du neulich schon mal hier? Warst du es, den Paul gesehen hat?“
„Nein, das war Akula, ein Schwarzspitzen-Riffhai. Du weißt, warum er gekommen ist.“
Doktor Noa lächelte. „Ich kann es mir denken.“
Havur stemmte sich kraftvoll aus dem Wasser, sodass

Doktor Noa mit ihrer ausgestreckten Hand ein Metallteil aus Havurs Biss befreien konnte.
„Was ist das?" Doktor Noa griff nach dem Gegenstand, drehte ihn zwischen den Fingern und entzifferte die aufgedruckten Buchstaben. „*THYS.*" Sie starrte Lady Poppy an. „Verdammt! Dieses Stück Metall gehört zu dem Schild, das an unserer Meeresstation hing. Das muss mit Gewalt abgerissen worden sein. Wie bist du darangekommen, Havur?"
„Jemand hat sich an dem Objekt zu schaffen gemacht. Das Schild lag auf dem Meeresboden." Der Hai grunzte laut. „Tut mir leid, wenn ich euch die Stimmung verderben muss, aber es gibt Probleme im Nachtblauen Meer."

Die Berufung

Chucks Lunge brannte, seine Füße schmerzten, aber er durfte nicht aufhören zu rennen.

Ich muss sie abhängen, dachte er panisch. In seinem Kopf wummerte es, als würde jemand darin Schlagzeug spielen. Ich muss mich irgendwo verstecken, mich in Sicherheit bringen. Aber wo?

Aufgereiht wie Perlen an einer Kette standen die Reihenhäuser, an denen Chuck vorbeiraste. Es war die Wohngegend, in der er mit seiner Mutter lebte, hier kannte er sich aus. Und deshalb wusste Chuck auch, dass die Straße, durch die er preschte, immer das gleiche Bild und wenig Hoffnung bot: Gehweg, Zaun, Vorgarten, Haus. Eins heruntergekommener als das andere. Fensterscheiben, die gelb vom Zigarettenqualm waren, Putz, der von den Wänden blätterte, überquellende Mülltonnen vor den Haustüren. Nirgendwo ein Busch, hinter dem er sich verbergen konnte, kein geöffnetes Garagentor, kein Geschäft, das Zuflucht verhieß. Alles verrammelt und geschlossen und heruntergekommen. Armut, Resignation, Feindseligkeit. Hier würde ihm keiner helfen.

Chuck schwitzte. Ihm war schwindelig, er hatte höllische Kopfschmerzen und sein Magen rebellierte heftig.

Weiterlaufen, dachte er, *du musst weiterlaufen.*

„Gib auf, Weichei!“, brüllten die Jungen hinter ihm.

„Du kriegst ’n paar aufs Maul!“

Chuck warf einen Blick über die Schulter. Seine Mitschüler hatten aufgeholt, gleich würden sie ihn packen und zu Boden werfen. Chuck riss sich zusammen, beschleunigte noch einmal seine Schritte, obwohl er kurz vor dem Zusammenbruch war. Da hörte er plötzlich ein melodisches Pfeifen und …

Chuck?

Oh nein, waren sie schon neben ihm? Mit einem weiteren Schulterblick stellte Chuck fest, dass die vier Jungen noch immer zurücklagen, er hatte ein bisschen Entfernung gutgemacht. Aber was wollte dieser komische bunte Vogel, der auf einmal neben ihm flog?

„Verschwinde“, knurrte Chuck und wedelte mit der Hand.

„Vergiss es!“, brüllte einer seiner Verfolger, der Chucks Aussage auf sich bezogen hatte. „Gleich bist du dran!“

Beim letzten Mal hatten sie Chuck im Fahrradkeller der Schule die Nase gebrochen. Das Mal davor, im Stadtpark, hatte einer von Chucks Schneidezähnen eine Ecke verloren. Die anschließende Behandlung beim Zahnarzt war die Hölle gewesen. Das musste nicht schon wieder sein.

Aber wohin?

Chuck, folge mir!

Irritiert und heftig atmend sah er nach rechts und links, aber da war keiner. Nur dieser komische Vogel. Vielleicht ein Papagei? Die konnten tatsächlich sprechen und möglicherweise … Chuck überlegte nicht lange, sondern spurtete dem Vogel hinterher.
Er führte ihn um ein paar Ecken und über schmale Zäune hinweg … Chuck blickte über die Schulter. Und … er war allein. Der Triumph währte nur kurz, denn er konnte die anderen schon bald wieder hören. Sie waren nicht fern.
Gerade wollte er über den kniehohen Zaun vor der alten, stillgelegten Gießerei springen, um sich auf dem großen Gelände in Sicherheit zu bringen, als er die quietschenden Reifen eines Autos hörte. Gefolgt vom Schreien einer Katze. Das Auto beschleunigte und verschwand.
Chuck ballte die Fäuste. Nein, nein, nein! Auf keinen Fall würde er sich jetzt um das blöde Vieh kümmern. Er musste schließlich seinen eigenen Hintern retten!

Chuck! Mach was!

Chuck presste verzweifelt die Hände an die Schläfen. Der Vogel. Das Auto. Die Katze. Die Jungs aus seiner Schule. Das war alles zu viel für ihn.

Miaaauuuuu!

Noch nie in seinem Leben hatte Chuck ein so verzweifeltes Klagen gehört. Das Wimmern und Schreien der Katze ging ihm durch Mark und Bein und erinnerte ihn an seine eigene Verzweiflung, als ihn die Kerle aus der Schule verprügelt, ausgelacht und gedemütigt hatten. Alle hatten zugesehen, keiner hatte ihm geholfen.

Miaaaauuuuu!

„Jaja, is ja gut. So ein Mist! Ich komm ja, du blödes Vieh." Mitten im Rennen hielt Chuck inne, drehte auf dem Absatz um und folgte den Klagelauten der Katze, bis er sie erreicht hatte. Dabei warf er nicht einen Blick zurück auf seine Verfolger, er wusste, dass sie ihn gleich eingeholt haben würden, aber er musste sich jetzt um das verletzte Tier kümmern. Ein Verlierer, genauso wie er einer war. Wimmernd lag die graue Katze mit dem winzigen weißen Fleck auf der Stirn im matschigen Straßengraben, die Ohren angelegt, die Augen weit aufgerissen und mit nach hinten gelegten Schnurrhaaren. Chuck stöhnte. Diese Katze hätte er unter Tausenden erkannt. Es war Bella, das Haustier seiner Nachbarin, und Chuck hatte die eingebildete Schöne schon mehrfach mit dem Wasserschlauch von der Straße gefegt – einfach aus Spaß. Aber jetzt, so hilflos, verwundet und verdreckt, rührte sie sein Herz.

„Lass mich ma nachsehen, Bella …"

Chucks Stimme war sanft und beruhigend und das schien auch die Katze zu spüren. Geduldig wartete sie, während Chuck prüfte, ob ihr Fell Blutspuren oder äußere Verletzungen aufwies. Zu intensiv wollte er Bella

nicht untersuchen, womöglich könnte er ihr noch mehr wehtun. Um Bella zu beruhigen, streichelte er ihr immer wieder über den Kopf. Das rechte Bein der Katze hatte etwas abbekommen. Ob es gebrochen oder verstaucht war, konnte Chuck nicht erkennen. Aber dass die Katze nicht mehr laufen konnte, war klar. Er musste sie wohl oder übel nach Hause zu ihrer Besitzerin tragen.

Chucks Atem ging schnell und flach, denn jeden Moment erwartete er, dass seine Verfolger ihn eingeholt haben würden. Mit einem tiefen Seufzer hob er die Katze hoch und drehte sich um, um sich den Tritten, Fausthieben und Aggressionen zu stellen.

Doch nichts passierte.

Aber das lag nicht an Chuck, nicht an der Katze oder einem unsichtbaren Zauber. Es lag an einem vor Kraft strotzenden weißen Bullterrier. Knurrend und zum Sprung bereit hatte er sich zwischen Chuck und den vier Jungs

positioniert, die gerade um die Ecke bogen. Auch aus der Entfernung hörte Chuck sein bedrohliches Knurren.
Was passierte hier? Wieso wurde er von einem weißen Bullterrier beschützt?
Das fragten sich auch seine Verfolger. „Wo kommt denn der Köter jetzt her? Ist das dein verdammter Hund, Chuck?", rief einer der Jungen. „Pfeif ihn sofort zurück!"
Doch darauf wollten die anderen nicht warten. „Ich hau ab!", rief der Kleinste und schon bald nahmen alle die Beine in die Hand. Der Bullterrier flitzte hinterher.
Zu gern hätte Chuck beobachtet, wie ihnen der Hund kräftig in die Hintern biss oder mindestens nach ihren Hosenbeinen schnappte. Aber Bella miaute so kläglich, dass er die Katze schnell zu ihrer Besitzerin trug.
Chucks Nachbarin war entsetzt, als sie ihr geliebtes Haustier entgegennahm. „Mein Schätzchen, meine Bella, wir müssen sofort zum Tierarzt!"

Kurz, aber überschwänglich bedankte sie sich bei Chuck, flitzte mit der Katze in die Garage, startete das Auto und fuhr eilig los.
Chuck winkte ihr noch nach, dann steckte er die Hände in die Hosentaschen und schlenderte über den Rasen des Vorgartens zum Tor.
Chuck?
Chuck warf den Kopf zur Seite. War das schon wieder dieser komische Papageienvogel?
Tatsächlich, auf dem Geländer der Veranda saß der Vogel und blickte ihn an.
Chuck überlegte gerade, ob er hingehen und das Tier irgendwie ansprechen sollte, als aus einem Busch im Vorgarten der Bullterrier auf ihn zuschoss. Seine Bewegungen waren so kraftvoll, sein Körper so muskulös, dass Chuck Schnappatmung bekam. Hatte der Kerl es jetzt auf ihn abgesehen? Chucks Füße schienen plötzlich

am Boden festzukleben. Er konnte sich keinen Zentimeter rühren. Der Hund dafür umso mehr!

Doch anstatt Chuck umzuwerfen, legte er eine Vollbremsung ein. Der Bullterrier blieb hechelnd vor Chuck stehen und ließ eine schmale Papierrolle aus seinem Maul mit den scharfen Zähnen gleiten.

„*Debrisfüdi*“, hörte Chuck eine Stimme.

„*Debrisfüdi?*“, wiederholte er. „Häh?“

Der Hund legte den Kopf schief, bellte noch einmal, dann verschwand er mit einem Satz über den Gartenzaun und raste die Straße hinunter. Auf und davon.

Unschlüssig blieb Chuck einen Moment vor der Papierrolle stehen und betrachtete sie. Ein Stück Papier, sorgfältig mit einem Band umwickelt.

„Was solls?“ Chuck zuckte mit den Schultern. „Beißen kann so ’n Papier ja wohl nich.“ Er bückte sich, hob es auf, knibbelte das Band ab und entrollte das Papier.

Whisperworld ruft dich!
Chuck Morton, du wurdest auserwählt,
die Schule der Tierflüsterer zu besuchen.
Bedrohte Tierarten brauchen deine Hilfe!
Wir treffen uns am 15. September um 18 Uhr auf dem Flughafen Beagle Cove. Bereite dich auf einen langen Flug und anschließenden Fußmarsch vor. Eine Ausrüstung erhältst du von uns.
Kein Handy, keinen PC, keinerlei Technik.
Das Abenteuer beginnt, sei bereit!

Chuck kratzte sich am Kopf, las den Brief noch einmal und sah sich dann nach allen Seiten um. Das konnte nicht sein. Nicht er! Er war ein mieser Kerl, ein totaler Versager. Erinnerungen stiegen in ihm auf. Erinnerungen an seine Mutter, die ihm ein Haustier verboten hatte.

Dabei verstand er sich so gut mit dem kleinen Hund einer Nachbarin und führte ihn regelmäßig aus. In der Schule hatte er sich um die Stabheuschrecken und Kröten in den Terrarien gekümmert und nebenbei Geld gespart für eine eigene Rennmaus. Als er seiner Mutter davon erzählt hatte, war sie völlig ausgeflippt. *Nie im Leben kommt so ein dreckiges Vieh in unsere Wohnung!*

Danach war Chuck wie ausgewechselt gewesen. Immer, wenn er Tieren begegnete, war da nur noch Wut im Bauch. Er trat nach Hunden, zermatschte jede Fliege und ärgerte Katzen wie Bella mit dem Wasserschlauch.

Beim Gedanken daran wurden Chucks Hände mit einem Mal schweißnass, sein Herz stolperte. Er starrte auf den Brief. Wollte ihn jemand mit diesem Schreiben auf den Arm nehmen? Tränen stiegen ihm in die Augen. In der Nachbarschaft wussten doch alle, dass er Tiere gequält hatte. Wer erlaubte sich hier gerade einen Spaß mit ihm?

Chuck japste nach Luft und ließ sich erst auf die Knie fallen, dann sackte er zusammen. Er konnte nicht mehr, sollten sie doch mit ihm anstellen, was sie wollten.

Eine Weile verharrte er so, aber niemand näherte sich.

Er wartete, lauschte. Da war wirklich niemand. Auch der Vogel und der Bullterrier waren verschwunden, Chuck war ganz allein. Ob der Brief doch kein Scherz war? Immerhin stand darauf sein Name: Chuck Morton. Und der Ort, für den er ausgewählt worden war: Whisperworld.

Trotz allem zauberte der Ort ein vorsichtiges Lächeln auf Chucks Gesicht. Jedes Kind wartete auf den Ruf nach Whisperworld. So viele wollten die Chance bekommen, bedrohte Arten und damit die Welt zu retten. Chuck biss sich verlegen auf die Unterlippe. Verdammt, verdammt, verdammt. Vielleicht war es kein Bluff. Er hatte den Brief bekommen.

Die Berufung nach Whisperworld …

Die Chroniken von Whisperworld

Aufzeichnungen von Salomon Noa

Whisperworld, Ende Mai 1945

Unser Rückzugsgebiet für bedrohte, schützenswerte und angeblich ausgestorbene Tiere entwickelt sich prächtig. Gemeinsam mit meiner Frau Lien und vertrauenswürdigen Freunden, denen Whisperworld ebenfalls eine Herzensangelegenheit ist, haben wir zahlreiche Baumhäuser angelegt, in denen die Tierflüsterer und die Lehrkräfte nächtigen können. Auch ein Schulgebäude ist errichtet, ebenso ein Speiseraum und eine Küche. Die ersten angehenden Tierflüsterer sind vor allem Kinder von Freunden und Verwandten. Das ist zum einen der Tatsache geschuldet, dass die Welt in den letzten Jahren in einen hässlichen, unmenschlichen Krieg verwickelt war, und zum anderen dem Umstand, dass wir unsere Mission erst noch bekannt machen müssen.

In langen Gesprächen mit Lien sind wir gemeinsam zu dem Schluss gekommen, dass wir künftig Mädchen und Jungen aus allen Gesellschaftsschichten, aller Hautfarben und Nationen bei uns aufnehmen müssen. Unsere Mission muss größer, weltumspannender werden. Nur so können wir unseren Beitrag zu einem gerechten Leben in Frieden und Freundschaft mit allen Lebewesen leisten. Andererseits können wir nicht zu viele Kinder auf einmal beherbergen. Wir werden uns auf weniger als ein Dutzend beschränken müssen, um sie wirklich intensiv betreuen zu können. Und wenn sie ihre Ausbildung abgeschlossen haben, werden sie Whisperworld verlassen und neue Kinder werden kommen.

Unsere angestrebte Lösung liegt in der Berufung eines Kundschafters und eines ihn begleitenden Tieres, die in aller Welt nach geeigneten

Tierflüsterern suchen. Wir müssen unsere Mission auf der Welt bekannt machen, aber wir dürfen niemals verraten, wo Whisperworld liegt und wer ein Tierflüsterer ist. Zum Schutz aller. So kann in jedem Kind auf der Welt, dem der Tierschutz am Herzen liegt, der Wunsch reifen, Teil unserer Arche Noa für Tiere zu werden.

In den Familien und bei den Eltern wird die Freude, dass ihr Kind zur Ausbildung nach Whisperworld aufbrechen darf und damit einen großen Anteil an der Rettung unserer Welt haben wird, den zeitweiligen Verlust und die Trennung bestimmt aufwiegen. Im Sinne einer großen, gerechten Sache, für das Zusammenleben von Mensch und Tier …

Kapitel 1

Falsche Vorstellungen

Das Licht der Morgensonne schimmerte durch den Dschungel und erfüllte das Hauptquartier der Tierflüsterer mit einem warmen gelbgrünen Leuchten. Chuck lag am Rand des Indigobaches, der durch das weitläufige Gelände floss, und ließ die Füße ins Wasser hängen. Er kaute, um möglichst cool zu wirken, hingebungsvoll auf einem widerlich schmeckenden Grashalm. Eigentlich hätte er ihn lieber in tausend Stücke zerrupft. Denn tief im Inneren fühlte er sich kein bisschen lässig. Das war nichts als Show für die anderen, falls ihn jemand beobachtete. Und da konnte man sich im Deepwood nie sicher sein. Denn neben den menschlichen Bewohnern gab es hier jede Menge tierische, die ziemlich neugierig waren.

In Chucks Innerem brodelte es.

Wie konnte es sein, dass Doktor Noa und Lady Poppy hier in der vergangenen Nacht einem Hai begegnet waren? Heute Morgen hatten sie beim gemeinsamen Frühstück davon berichtet und für später eine Versammlung einberufen. Verflixt. Ein Hai! Wo er doch seit drei Wochen beinahe jeden Tag am Wasser verbracht und darauf gewartet hatte, dass er das Flüstern dieser besonderen Fische hören würde.

„Findet hier unsere Versammlung statt?"

Enisas Stimme schreckte Chuck auf. Er rappelte sich hoch, stützte sich auf und musterte das Mädchen, das als Letzte zu den angehenden Tierflüsterern gestoßen war.

Chuck mochte Enisa, aber für ihn war sie im Dschungel irgendwie noch ein bisschen fehl am Platz. Vielleicht war sie auch überhaupt nicht als Tierflüsterin geeignet. Für seine Begriffe fehlte ihr der Biss, das Durchsetzungsvermögen.

„Nee, das Treffen is nich am Wasser, sondern am Versammlungsplatz", gab Chuck zurück.

Enisa räusperte sich. „Und was machst du dann hier?"

Chuck zupfte einen neuen Grashalm aus dem spärlichen Stück Rasenfläche und steckte ihn zwischen die Zähne. „Warten."

„Aha. Auf was denn?"

Boah, diese Enisa ließ einfach nicht locker. Das nervte.

Chuck verdrehte die Augen. „Mann, Enisa, chill mal dein Leben. Die Versammlung is erst in fünf Minuten und ich habe keinen Bock auf Gesellschaft. Echt nich."

„Pfff." Enisa machte auf dem Absatz kehrt und verschwand.

Ein bisschen tat es Chuck leid, dass er sie so angepampt hatte, aber jetzt wollte er allein sein und auf seinen Hai warten. Chuck war sich todsicher, dass *er* als Tierflüsterer der Haie vorgesehen war, da konnte Paul reden, was er wollte.

Mit gerunzelter Stirn erinnerte sich Chuck an die Ereignisse vor drei Wochen. Da hatte er sich spät am Abend am Ufer des Indigobachs niedergelassen, um endlich mal seine Ruhe zu haben, aber prompt war ihm dieser Nervzwerg Paul gefolgt. Weil Chuck schon den dicken Stein am Ufer mit der besten Aussicht besetzt hatte, war Paul auf den Steg ausgewichen. Und genau dort war ihm der mächtige Hai mit der auffälligen Rückenflosse begegnet. Wahrscheinlich ein Schwarzspitzen-Riffhai. Alle waren mächtig erstaunt gewesen, dass sich ein Hai in den Indigobach verirrt hatte, denn eigentlich gab es eine Sperre zwischen dem Bach und dem Krokodilfluss.

Alle … außer Chuck. Er war von Anfang an kein bisschen erstaunt gewesen. Im Gegenteil! Er war sich hundertprozentig sicher, dass sich der Hai nicht verirrt hatte. Er hatte *ihn* gesucht. Er sollte der Tierflüsterer der Haie werden, ganz bestimmt!

Langsam erhob sich Chuck und schlenderte zu einem großen Platz aus festem Lehm, auf dem einige Sitzgelegenheiten aus abgesägten Bäumen standen. Der Ort war umsäumt von hohem Farn, zahlreiche Wege, bestreut mit weicher Baumrinde, führten von hier aus in alle Richtungen.

Es war noch ziemlich früh, aber im Dschungel tobte schon das Leben, der Versammlungsplatz wimmelte von großen und kleinen Tieren. In den Ästen über Chuck amüsierte sich ein Schwarm Tukane. Belustigt beobachtete er, wie sie mit ihren großen Schnäbeln lärmend ein paar Kämpfe austrugen oder sich gegenseitig geschickt Früchte oder Beeren zuwarfen. Die Vögel waren dabei richtige Akrobaten: Mit der Spitze des Schnabels pflückten sie die Beere ab, warfen sie in die Luft, legten dann den Kopf in den Nacken, fingen die Beere wieder auf und ließen sie sich durch den gebogenen Schnabel tief in den Rachen rollen. Chuck applaudierte, musste aber gleichzeitig darauf achten, wo er hintrat, denn am Boden kreuzten Tapire, Chamäleons, Faultiere und Dodos ohne jede Scheu seinen Weg.

Längst hatte er sich daran gewöhnt, dass es in Whisperworld jede Menge angeblich ausgestorbener Tiere wie die Dodos gab. Hierher hatten sie sich vor langer Zeit zurückgezogen, hier lebten sie verborgen und geschützt weiter.

In den Bäumen tobten außerdem Schimpansen und Nasenaffen, Goldene Bambuslemuren und herrlich blau schimmernde Spix-Aras.

Auf den Sitzgelegenheiten warteten Chucks Mitschülerinnen und Mitschüler: Coco, das Mädchen mit den vielen Notizbüchern, das schon eine ganze Zeit lang Tierflüsterin der Luchse war. Amy, witzig, schlagfertig und noch immer auf der Suche nach *ihrer* Art. Enisa, die ihn vorhin schon am Bach angesprochen hatte, Tochter eines Kameltreibers und für Chuck immer noch so rätselhaft wie die Sphinx. Und seine Mitbewohner Mohit und Paul, mit denen Chuck sich die *Elefantenbude* teilte, ein geräumiges Baumhaus in einem Elefantenhandtuchbaum. Rechteckig, gemütlich und sogar mit einem kleinen Türmchen. Alle fünf Mädchen und Jungen lauschten Doktor Noa, der Urenkelin des Gründers von Whisperworld und Chefin der Tierflüsterer.

Als Chuck ihnen langsam entgegenschlenderte, richteten sich alle Augen auf ihn. Doktor Noa unterbrach ihre Ansprache.

„Du kommst zu spät, Chuck“, mahnte Max.

Max war der Kundschafter und Vertrauenslehrer der Schule. Er war wesentlich älter als die anderen Lehrer, klein, ein bisschen rundlich, mit grauen Haaren und wachem Verstand. Max lehnte in unmittelbarer Nähe von Doktor Noa an einem kräftigen Gummibaum. In den Zweigen über ihm turnte Lola, der Papagei, der jeden neuen Tierflüsterer – auf die eine oder andere Art – mit seinem melodischen Pfiff nach Whisperworld gerufen hatte.

Chuck mochte die beiden sehr, schon seit seinem ersten Tag in Whisperworld hatte er eine besondere Verbindung zu Max. Jetzt sah dieser ihn kopfschüttelnd an.

„Sorry“, gab Chuck kurz zurück und ignorierte die missbilligenden Blicke von Doktor Noa.

„Wo war ich stehen geblieben?", fragte sie in die Runde.
„Es ging um die Vorbereitungen für die Reise zum nächsten Außenposten." Mohit deutete eine kurze Verneigung an.
Chuck verdrehte die Augen. Die übertriebene Höflichkeit von Mohit ging ihm manchmal ziemlich auf den Keks. Jetzt zum Beispiel. Aber bevor er eine blöde Bemerkung machen konnte, traf sein Blick den von Silvester. Der durchtrainierte Hüne mit dem Glatzkopf, Pilot, Lehrer und Krankenpfleger von Whisperworld, brauchte keine Worte, um Chuck zu sagen: *Halt deinen Mund!*
Und Chuck wollte ja …
„Gut", fuhr Doktor Noa fort, „wir werden also in ein paar Tagen unseren Standort wechseln, den Deepwood verlassen und …"
„Oh nein!", platzte es aus Chuck heraus. „Das geht nich, ich muss am Indigobach blei… also, der Hai …"
Im selben Moment hätte er sich ohrfeigen können, denn jetzt sah ihn die komplette Versammlung verwirrt an, seine Mitschüler und alle Lehrer inklusive Lady Poppy, die er jetzt erst bemerkte. Die Wildhüterin war für ihre spitze Zunge bekannt, es erstaunte Chuck, dass sie ihm keinen

Rüffel erteilte. Stattdessen tippte sie sich nur an ihren Hut und deutete mit zwei gespreizten Fingern auf ihre Augen. Ein klares Signal: *Ich beobachte dich, Chuck!*

Carlos, der Löwe, der ebenfalls an der Schule unterrichtete und Doktor Noa nie von der Seite wich, brüllte warnend. *Roaaaar!*

„Sorry", murmelte Chuck erneut.

Doktor Noa nickte kurz. „Es hat einen Zwischenfall gegeben und unsere Hilfe wird benötigt. Wir werden unser Camp verlassen und …"

„Wie soll meine Art mich denn da finden, wenn wir ständig durch die Gegend gurken?", platzte es aus Chuck heraus.

Es hatte ein Witz sein sollen, aber anscheinend verstanden die anderen gerade keinen Spaß.

Doktor Noas Miene verfinsterte sich. „Erst kommst du zu spät zur Versammlung, dann störst du massiv. Und zwar nicht nur einmal. Tut mir leid, aber nicht nur wegen des heutigen Tages, sondern aufgrund zahlreicher Fehlverhalten muss ich dich hiermit von der nächsten Prüfung ausschließen. Und du weißt, dass eine fehlende Prüfung ernste Konsequenzen haben kann."

Betroffen sahen alle Mädchen und Jungen Doktor Noa an.
„Mit ernsten Konsequenzen meint Doc, dass Chuck wieder nach Hause geschickt werden könnte, wenn er sich nicht endlich am Riemen reißt“, knurrte Silvester.
Chuck senkte den Kopf, sein Mund war auf einmal staubtrocken, sein Herz raste. Ab jetzt würde er sich zurückhalten, ganz bestimmt. Keinen Mucks mehr.
„Für den nächsten Außenposten, den wir in Whisperworld besuchen, müsst ihr noch einige Grundlagen kennenlernen“, fuhr Doktor Noa endlich fort. „Wir reisen über den Krokodilfluss zum Nachtblauen Meer – und, wenn man das so sagen kann, tief hinein.“
„Unter Wasser?“, fragte Paul. „Also … wir tauchen?“
Silvester hob den gestreckten Daumen. „Yep!“
„Mega!“ Paul grinste. „In meinem Survival-Buch über Meere habe ich schon jede Menge gelesen. Das wird bestimmt wahnsinnig toll!“
„Oh my God!“ Amy drückte Cocos Hand.
Ein reges Tuscheln, Flüstern und Lachen begann.
Doktor Noa pfiff auf den Fingern und Owen, das scheue, alte Krokodil, das sich gern in Lady Poppys Nähe aufhielt, rannte etwas unbeholfen zu ihr.

„Wenn es um die erste Etappe auf dem Krokodilfluss geht, verlassen wir uns am besten auf einen Profi." Doktor Noa deutete auf das Reptil. „Du hast das Wort, Owen."

Das alte Krokodil öffnete in Zeitlupe das riesige Maul.

Amy, Coco, Enisa, Mohit und Paul kicherten. Auch Chuck konnte sich ein Grinsen nicht verkneifen. Es sah aus, als würde ein Opa langsam sein Gebiss zurechtrücken.

„Fagmamidetidiundikeleso", brummte Owen.

Chuck runzelte die Stirn. Mit einem Blick auf die anderen war klar, dass auch sie kein Wort verstanden hatten.

Silvester hob die Brauen. „Okay, hier gibt es gerade Verständigungsprobleme, wenn ich eure Gesichter richtig deute."

Paul nickte. „Aber so was von!"

„Mal eine Info vorweg." Silvester stand auf und stellte sich neben Owen. „Unser Freund hier mag in euren Augen alt sein, aber unterschätzt ihn nicht. Krokodile können zwischen achtzig und hundert Jahre alt werden und Owen hat gerade mal fünfzig auf dem Buckel! Ich hoffe, ihr erinnert euch noch daran, als zwei aggressive Alligatoren im Indigobach aufgetaucht sind und Paul beinahe angegriffen hätten?"

Paul nickte heftig.
„Es war vor allem Owen zu verdanken, dass die beiden wieder abgehauen sind. Im Wasser ist er nämlich eine echte Rakete. Und ich bin froh, dass er hier im Deepwood auf uns alle aufpasst." Silvester fixierte einen angehenden Tierflüsterer nach dem anderen. „Falls ihr es vergessen habt: Sprache funktioniert hier in Whisperworld über Blicke, über Mimik, Gestik, über euer Verhalten. Tiere können eure Gefühle spüren. Sie merken, wenn ihr euch über sie amüsiert, sie nicht ernst nehmt oder sogar verachtet. Dann wird es keine Verbindung geben, die euch vielleicht irgendwann mal das Leben retten könnte. Wollte ich nur gesagt haben."
Gelassen schlenderte Silvester wieder zu seinem Platz. Amy, Coco, Enisa und die anderen senkten betroffen den Blick.
Jetzt erhob sich Lady Poppy. „Lasst euch nicht von dem täuschen, was ihr seht. Die Muskeln zum Maulöffnen sind bei einem Krokodil extrem schwach. Die Zuschnapp-Muskeln aber umso stärker. Klappt ein Krokodil sein Maul zu, entwickelt es ungeheure Kräfte."
„Tut uns leid, Owen", meinte Amy nach einer Weile. „Wir konzentrieren uns und hören dir zu, versprochen."

Wieder klappte Owen langsam sein Maul auf und diesmal war er für alle klar und deutlich zu verstehen: „Der erste Teil eurer Reise führt durch den Krokodilfluss. Und wie es der Name sagt, gibt es in diesem Fluss …“

„Krokodile“, antwortete Coco, fischte ein Notizbuch aus ihrer Umhängetasche und las: „Sie leben sowohl an Land als auch im Wasser und sind eine Ordnung von Reptilien. Krokodile werden in drei Familien aufgeteilt, neben den Krokodilen gibt es noch die Alligatoren und die Gaviale.“

„Oh ja, die kenne ich aus dem Ganges“, warf Mohit ein. „Sie haben so eine lange, schmale Schnauze, die eher an einen Vogelschnabel mit vielen Zähnen erinnert.“

Doktor Noa schmunzelte. „Gut beobachtet, Mohit. Und auch für die Ganges-Gaviale gilt, dass sie inzwischen leider vom Aussterben bedroht sind. In Whisperworld jedoch haben sie sich an bestimmten Stellen angesiedelt.“

Chuck zog seine Snapback-Kappe übers Gesicht, damit keiner sehen konnte, wie er die Augen verdrehte. Mohit und Coco waren manchmal solche Streber. Genau wie Paul, der immer mit seinem Survival-Kram angeben musste.

Anstrengend!

„Zurück zum Krokodilfluss“, erklärte Owen. „Krokodile können tage- oder sogar wochenlang im Fluss verharren, bis sich endlich eine Gelegenheit ergibt, Beute zu machen. Dann schnellen die Reptilien dank ihres muskulösen Schwanzes blitzartig aus dem Wasser, packen ihre Beute und ziehen sie in die Tiefe.“

Bei der Vorstellung bildete sich eine Gänsehaut auf Cocos Armen und Beinen.

„In diesem Fluss“, fuhr Owen fort, „tummeln sich nicht nur Krokodile, sondern natürlich auch verschiedene Fische, unter anderem Piranhas.“

„Uhhh!“, kreischte Amy.

Lady Poppy seufzte. „Amy, hast du vielleicht zu viele Horrorfilme gesehen? Piranhas nagen keine Menschen an. Sie ernähren sich von Aas oder kranken und verwundeten Tieren. Eigentlich sind sie eine Art Gesundheitspolizei und säubern Gewässer von Kadavern. Ziemlich nützlich also! Ihr könnt ohne Probleme auch im Krokodilfluss schwimmen, solange ihr keine offene Wunde habt.“

Mohit schluckte. „Ich glaube, ich verzichte aufs Bad im Krokodilfluss.“

Doktor Noa zuckte mit den Schultern. „Das kannst du

auch gern aufs Nachtblaue Meer verschieben. Denn dort werden wir nicht nur schwimmen, sondern auch tauchen. Wir beginnen gleich nach unserer Versammlung mit ein paar Tauchübungen."

„Davor lasst ihr euch bitte in der Krankenstation einzeln von mir untersuchen, ob alles mit eurem Herz, dem Kreislauf und vor allem den Ohren okay ist", erklärte Silvester. „Macht unter euch aus, in welcher Reihenfolge."

Alle nickten.

„Und noch etwas, worauf ihr vielleicht schon gewartet habt." Doktor Noa deutete auf einen Korb, der neben ihr stand. „Post für jeden von euch. Ich nehme an, dass eure Eltern, Geschwister oder Freunde geschrieben haben. Wenn ihr Lust habt, könnt ihr auch heute noch antworten, unsere fliegenden Postboten bringen alles an die richtigen Adressen. Nehmt euch heute Zeit für eure Mitschüler, denn Botschaften von zu Hause können viele Gefühle auslösen."

„Natürlich stehen auch wir Lehrer jederzeit für Gespräche und einfach zum Trösten zur Verfügung", ergänzte Silvester. „Als ich zum ersten Mal nach Whisperworld gekommen bin, ging es mir wie euch!"

Doktor Noa sah in die Runde. „Aber bitte freut euch vor allem auf unsere Reise, denn gemeinsam erleben wir ein großes Abenteuer! Im Nachtblauen Meer wird euch auch eine neue Lehrerin die dortige Tierwelt vorstellen. Auf sie dürft ihr besonders gespannt sein. Danke, Owen!"
Amy begann zu applaudieren und die anderen Mädchen, Jungen und Lehrer taten es ihr nach.
Lady Poppy trat in die Mitte. „Neben den Tauchübungen werde ich euch auch in die Grundlagen des Segelns einführen. Mit einer kleinen Prüfung am Ende, versteht sich", erklärte die Wildhüterin wie immer kurz und knapp. Anschließend warf sie einen Blick zu Chuck. „Du weißt sicher noch, dass du von dieser Prüfung ausgeschlossen bist, Chuck?"
Ein paar Seufzer ertönten. Auch wenn sich alle inzwischen damit abgefunden hatten, dass es im Land der Tierflüsterer verschiedene Prüfungen gab, so hatten die Mädchen und Jungen immer noch einen Heidenrespekt vor jeder Begutachtung.
Coco hob die Hand. „Wie lange dauert es noch, bis wir aufbrechen, Doc? Ich wollte mich um meine Luchsin Enja und ihren Sohn Adin kümmern."

Doktor Noa nickte. „In fünf Tagen geht es los. Genug Zeit, um mit Enja weiter an deinem Programm für den Schutz der Luchse zu arbeiten, Coco."

Paul schnipste mit dem Finger. „Treffen wir im Nachtblauen Meer auch Haie? Also … ich meine, vielleicht war es tatsächlich so, dass mich der Hai damals … also, dass ich Tierflüsterer der Haie …"

„Vergiss es, Paul!" Chuck sprang hoch, sein Kopf war rot wie eine Paprika. „Das war 'n Versehen, kapier das endlich. Der Hai wollte was von mir. Nur weil du mir nachgelaufen bist, hast du das Flüstern gehört. Aber du – warst – nicht – gemeint! Das war ich!"

Betreten sahen alle zu Chuck. Der stand mit geballten Fäusten und zusammengekniffenen Augen mitten auf dem Versammlungsplatz. Den riesigen Herkuleskäfer, der vor seinen Füßen saß und missbilligend den Kopf schüttelte, bemerkte Chuck gar nicht.

Kapitel 2

Trübes Wasser

„Ärgere dich nicht weiter über Chucks Auftritt", sagte Mohit sanft. Mit Paul und Enisa hockte er auf dem Steg am Indigobach und wartete, dass der Kurs mit Max begann. Alle trugen Taucheranzüge, die sie von Lady Poppy bekommen hatten.

„Du hast gut reden, Mohit. Du bist bereits Tierflüsterer und dir will auch keiner deine Art wegnehmen." Paul schlang die Arme um die Knie. „Warum macht er das immer? Warum behauptet Chuck, dass er der Haiflüsterer wird? Meint ihr, er hat recht? Was denkst du, Enisa?"

Mohit beobachtete, wie Paul Enisa einen flehenden Blick zuwarf. Seit ihrer Reise in die Wüste verbrachten die beiden viel Zeit miteinander und Mohit fand, dass sie als Freunde wunderbar passten. Mal davon abgesehen, dass er mit beiden gut klarkam. Enisas unaufgeregte, bodenständige Art war das Gegenstück zum etwas verwöhnten und manchmal unsicheren Paul. Ihr konnte

er Fragen zu Gefühlen und seinen Vermutungen stellen. Mohit wusste, dass Paul sich damit schwertat. Ihm waren nur Fakten vertraut. Aber Enisa nahm Paul ernst und sah über seine Unsicherheit hinweg. So stärkte sie seine Intuition und schaffte es, dass Paul auch mit den übrigen Mädchen und Jungen offener redete.
Aber nicht nur Paul profitierte von dieser Freundschaft. Mohit wusste, dass es Enisa ähnlich ging. Sie hörte seinen Erläuterungen und Erklärungen wahnsinnig gern zu. Sie konnte so viel von ihm lernen! Außerdem blieb Paul immer ein bisschen auf Abstand. Und das war Enisa wichtig, denn sie war eine Einzelgängerin und gern allein.
Mohit erinnerte sich an die laue Nacht im Dschungel, in der er zum ersten Mal Enisas Baumhaus besucht hatte, in dem sie allein wohnen wollte. Es sah aus wie ein Piratenschiff hoch oben in der Luft, so eine Art Schiffsrumpf, gemütlich gebaut in einen Gummibaum, der unglaublich viele Luftwurzeln ausgebildet hatte. Eine kunstvoll verschnörkelte Treppe führte nach oben.
Mohit hatte sofort verstanden, warum Enisa sich dort wohlfühlte. Einsam war sie schon deshalb nicht, weil Ummi, der quirlige Schimpanse, sich sofort mit ihr

angefreundet hatte. Er brachte immer wieder ein paar Kumpels vorbei und leistete Enisa jede Nacht Gesellschaft. Zum ersten Mal konnte sie für sich selbst entscheiden, ohne auf ihre vielen Geschwister oder die Großfamilie Rücksicht nehmen zu müssen.

„Ich weiß nicht, Paul, ob *du* Flüsterer der Haie wirst oder Chuck", antwortete Enisa nach langem Schweigen auf Pauls Frage. „Aber das muss ich auch nicht wissen, denn es wird sich zeigen. Du solltest Geduld haben."

Mohit nickte. „*Geduld verlieren heißt Würde verlieren*, sagt ein indisches Sprichwort."

Paul seufzte. Der große, schlaksige Kerl mit dem ovalen Gesicht und den dunklen Knopfaugen sah mit einem Mal aus wie ein Häufchen Elend, fand Mohit. Paul tat ihm leid, er hatte allen so begeistert von seiner Begegnung mit dem Hai berichtet, jetzt verunsicherte Chuck ihn völlig.

„Warum will Chuck immer alles haben, immer der Beste sein, der Größte und Coolste?", murmelte Paul.

Enisa lächelte ihm aufmunternd zu. „Das weiß niemand, Paul. Wahrscheinlich nicht mal Chuck. Vielleicht weil er nie etwas hatte? Nie der Beste, Größte, Coolste war?"

„Hallooooo?" Amy schlenderte eingehakt mit Coco auf

die Gruppe zu. „Dürfen wir an der Modenschau für Nachwuchstaucher teilnehmen?“ Amy ließ Coco los, drehte sich in ihrem Taucheranzug einmal im Kreis und stakste dann mit großen Schritten über den Steg. „Sehen Sie hier das beliebte Modell *Dragonfly.* So eng, dass das Reinkommen fast unmöglich war. Und schön schwitzig! Nach mir will den bestimmt niemand mehr anziehen.“
Mohit, Enisa und Paul lächelten kurz.
„Ihr wart auch schon mal besser drauf, was ist los?“
Coco kicherte. „Wahrscheinlich liegt es daran, dass wir gleich in die braune Brühe da abtauchen müssen.“
„So weit sind wir noch nicht“, erklärte Max, der wie aus dem Nichts am Bach aufgetaucht war und einen prall gefüllten Sack hinter sich herzog. In der Hand trug er außerdem etwas, das aussah wie ein Bilderrahmen aus zusammengebundenen Stöcken.
Neben dem Vertrauenslehrer wand sich Pandora am Ufer entlang, die imposante Anakonda, die auch zum Lehrkörper gehörte und Verstecken und Tarnen unterrichtete.
Pandora zischte leise. „Wo sssteckt Chuck? Sssonst sssind wir vollzählig.“

Max sah sich suchend um.
„Hier! Keine Panik!“ Chuck rannte keuchend auf den Steg zu. „Bin da. Wir können loslegen.“
„Dann fangen wir mal mit den Vorübungen zum Tauchen an“, schlug Max vor. „Tauchenlernen ist nicht schwer und das Wichtigste habt ihr schon hinter euch, den körperlichen Check-up bei Silvester.“ Er nahm den Sack, öffnete ihn, fischte einige Masken, Schnorchel und Flossen heraus und hielt sie in die Höhe. „Wer tauchen lernen möchte, sollte schnorcheln können, und das lässt sich im Indigobach leicht lernen. Für die ersten Tage reicht die ABC-Ausrüstung, so nennt man diese drei Teile. Bitte sucht euch jeder etwas Passendes aus.“
Mohit schaffte es nicht, schnell genug von seinem Platz zum großen Sack mit den Ausrüstungsgegenständen zu kommen. Als er ihn erreicht hatte, gab es keine Auswahl mehr. Die letzte Taucherbrille war ihm fast zu groß. Die anderen Mädchen und Jungen amüsierten sich bereits beim Anprobieren der Masken, Schnorchel und Taucherflossen.
„Ich komme mir vor, als hätte ich Schwimmhäute zwischen den Zehen“, quiekte Amy und patschte mit ihren Flossen auf den Steg. „Diesmal bin ich Water-Wonder-Woman!“

„Halt, Amy“, rief Max. „Bitte die Taucherflossen erst im Wasser anziehen, sonst könntet ihr leicht hinfallen oder die Flossen kaputt machen.“
Coco deutete auf Chuck. „Mit deiner Taucherbrille siehst du aus wie Puck, die Stubenfliege.“
„Wer soll das sein?“, gab Chuck zurück.
In diesem Moment bemerkte Mohit die vielen Tiere, die sich am Ufer des Indigobaches versammelt hatten und den Schülern und Lehrern gebannt zusahen. Darunter Carlos, der Löwe, Leguan Iggy, Lola, die flügelschlagend auf einem Ast hockte, und Eko, der riesige Berggorilla, dem der rechte Arm fehlte. Dazu etliche Vögel, Affen, Gürtel- und Faultiere und jede Menge andere Dschungelbewohner. Mohit war sich sicher, dass sich auch Doktor Noa, Silvester und Lady Poppy irgendwo versteckt hatten und ihnen zusahen.
„Was für ein Elend!“ Mohit hielt sich theatralisch die Hand vor die Stirn. „In den peinlichsten Momenten seines Lebens wird man auch noch beobachtet.“
Jetzt blickten sich auch die anderen angehenden Tierflüsterer zum Ufer um und staunten über ihr Publikum.

Nach kurzen Aufwärmübungen ging es für alle mit voller Montur ins Wasser.
„Lasst den Schnorchel im Mund und pustet das Wasser mit einem schnellen Luftstoß raus. Beugt den Kopf leicht nach hinten."
Mohit beobachtete, wie Enisa ihren Kopf so nach hinten legte, dass sie dabei rückwärts eintauchte, sich verschluckte, röchelte und mit den Armen ruderte. Schnell schwamm er zu ihr.
„Alles klar?" Durch seine Taucherbrille sah er das Wüstenmädchen mit großen Augen an.
Enisa riss sich die Brille vom Gesicht und hustete noch einmal. „Voll fies. Wirklich, Max. Wasser. Dreckiges Wasser. Dazu noch diese Ausrüstung. Arrrgh, kann ich nicht wieder auf einem Kamel reiten?"
Für einen winzigen Moment herrschte Schweigen, denn keiner wusste, ob Enisa einen Witz machte oder supergenervt war. Aber dann brach das Wüstenmädchen in helles Lachen aus und alle stimmten in ihr Gelächter ein. Der Knoten war geplatzt, ab jetzt waren die Tauchübungen ein großer Spaß. Jeder schwamm nun durch den breiten Indigobach und übte die richtige Atmung und Mund-

Nase-Koordination mit der Taucherbrille ein. Sobald ein Schüler den Kopf unter Wasser steckte, überprüften Pandora und Owen, ob alles richtig lief.
Mohit freute sich, mit welcher Leichtigkeit er durchs Wasser glitt, vorbei an den großen Blättern des Tigerlotus, der über und unter Wasser wuchs. Fasziniert sah er durch seine Taucherbrille unter die Wasseroberfläche. Etliche hübsche Fische wie gelb-orange Zwergbuntbarsche, Blaue Skalare und leuchtende Neonfische wirbelten unter ihm herum oder versteckten sich im Wasserfarn. Schnorchelnd ließ Mohit sich durchs Wasser treiben, hier gefiel es ihm. Er fühlte sich schwerelos.
„Das is richtig anstrengend", keuchte Chuck auf einmal neben ihm. „Gibts auch mal 'ne Pause? Ich hab Hunger!"
„Du hast ausnahmsweise recht, Chuck. Es ist Zeit für eine Pause. Zieht eure Taucheranzüge aus, nehmt euch ein Handtuch und setzt euch auf den Steg. Das Mittagessen ist heute etwas anders als sonst." Max zwinkerte.
Sofort löste sich aus dem Dschungel, angeführt von Silvester, ein Horde Schimpansen, die Äpfel, Bananen und Mangos mit sich trugen, vor den Kindern ablegten und sich zu der Gruppe dazugesellten.

„Mahlzeit“, murmelte ein Schimpanse und zu Mohits Überraschung verstand er ihn sofort.

Am Nachmittag ging es weiter mit Tauchübungen. Pandora und Owen hielten das Quadrat aus Hölzern etwa zwei Meter unter Wasser und alle sollten ein paarmal durchtauchen.

„Das Licht reicht noch aus, damit ihr das Quadrat sehen könnt, durch das ihr hindurchschwimmt.“ Max ruderte auf der Stelle und drehte sich immer wieder im Kreis, damit ihn alle sehen konnten. „Zum Abtauchen tief Luft holen und anhalten. Beugt euch mit dem Oberkörper nach vorn, damit ihr mit den Armen voran und gestreckten Beinen in die Tiefe gleiten könnt. Das Quadrat ist gleich da vorn, mit ein paar Flossenschlägen seid ihr schnell am Ziel.“

Mohit und die anderen nickten und rückten Brillen und Schnorchel zurecht.

„Amy, du bist die Erste“, befahl Max.

Mit der Geschmeidigkeit eines Fisches glitt Amy durchs Wasser und tauchte elegant unter. Max folgte, um zu beobachten, ob sie das Quadrat durchschwamm. Mit dem nach oben gereckten Daumen tauchte er wieder auf. „Amy, du bist ein Naturtalent!“ Amy strahlte.

„Paul, du bist dran!“ Max tauchte wieder ab.
Auch Paul hatte keine Probleme unter Wasser, Coco, Chuck und Enisa gelang es mehr oder weniger locker.
Mohit dagegen fühlte sich auf einmal, als wäre er krank. Das Blut rauschte in seinen Ohren, Panik überfiel ihn. Da war sie wieder: die Angst vor der Dunkelheit, die er mithilfe der Miracorns eigentlich überwunden hatte. Der Indigobach erschien ihm mit einem Mal wie ein tiefes, dunkles Loch, in dem er versinken würde. Mohit schluckte, röchelte und fühlte, wie ihm sein ganzer Körper nicht mehr gehorchen wollte. Seine Beine waren bleischwer, jeder Schwimmzug schmerzte.
„Alles gut bei dir, Mohit?“ Coco hatte ihren Schnorchel aus dem Mund gezogen und legte ihre Hand beruhigend auf die Schulter des Freundes. „Willst du raus aus dem Wasser?“
Mohit schüttelte den Kopf und sah aus den Augenwinkeln die feixenden Blicke von Chuck. Auf keinen Fall! Den Gefallen würde er Chuck nicht tun, er musste es schaffen.
„Jetzt du, Mohit!“, hörte er Max rufen.
Wie durch einen dichten Schleier drang die Stimme des Lehrers an seine Ohren, vervielfachte sich wie ein Echo:

Mohit! Mohit! Mohit!
Mohit schüttelte sich, damit der Ton aufhörte, gab sich einen Ruck, tauchte ab und … sofort wieder auf. Der Indigobach war einfach zu undurchsichtig und … dunkel! Verzweifelt ruderte er mit den Armen. Wie ein alter Mann beim Schwimmen streckte er den Kopf weit aus dem Wasser. Mit einer Hand riss er sich den Schnorchel aus dem Mund, mit der anderen pflügte er das Wasser zur Seite, um oben zu bleiben.

„Mohit, bleib ruhig!" Max schwamm neben ihn, reichte ihm die Hand und zog ihn langsam zum Ufer zurück. „Keine Panik. Wenn du dich beruhigt hast, starten wir einen neuen Versuch. Wenn nicht heute, dann eben morgen. Jetzt machen die anderen erst mal einen zweiten Durchgang, du entspannst dich wieder. Atme, Mohit, langsam atmen!"

Mohit biss die Zähne zusammen und dümpelte am Rand des Bachs im Wasser. Was hätte er jetzt darum gegeben, wenn Nemal und die anderen Miracorns bei ihm wären. Er war ihr Tierflüsterer und sie waren sein Halt. Mohit biss sich auf die Unterlippe.

Was Amy und Paul schon beim ersten, Coco, Chuck und

Enisa nach ein paar Anläufen zu Max' Zufriedenheit geschafft hatten, gelang bei Mohit auch beim neunten Versuch nicht. Pandora hatte angeboten, neben ihm zu schwimmen, während er durch das Holzgestell tauchte. Owen und Max hielten es für ihn fest, während er mit einer Hand an der starken Anakonda einen neuen Tauchgang versuchte. Pandoras pulsierender Körper gab ihm zwar eine gewisse Sicherheit, doch richtiges Abtauchen gelang ihm nicht.

Betrübt stieg Mohit aus dem Wasser und ließ den Kopf hängen.

„Das wird schon, Junge", versuchte Max ihn zu trösten.

Amy legte Mohit sanft die Hand auf die Schulter. „Wenn du möchtest, übe ich gern mit dir."

„Sollen wir heute Abend zusammen noch eine Runde Karten spielen?", schlug Coco vor. „Zur Entspannung?"

Mohit schüttelte den Kopf. „Nein danke. Ich glaube, ich muss früh ins Bett. Ich bin total k. o." Heute wollte er lieber allein sein mit seinen Miracorns. Deshalb war er Chuck und Paul auch sehr dankbar, dass sie sich mit den anderen zum Kartenspielen trafen.

So kam es, dass Mohit nach dem Abendessen die Terrasse

des Baumhauses der Jungs ganz für sich allein hatte. Eine Weile starrte er mit klopfendem Herzen auf den dunklen, aber immer noch lärmenden Dschungel, dann rief er: „Nemal! Miracorns! Ich brauche eure Hilfe!"

Es dauerte keine fünf Minuten, bis Dutzende der schimmernden Wesen auf Mohit zuflogen und um ihn herumwirbelten. Auf seiner ausgestreckten Hand landete schließlich Nemal, das älteste Miracorn im ganzen Deepwood.

„Du hast uns gerufen, Tierflüsterer, hier sind wir."

Mohit nickte und ließ sich mit Nemal auf der Hand vorsichtig im Schneidersitz auf der Terrasse nieder. „Ich dachte, ich hätte meine Angst vor der Dunkelheit mit eurer Hilfe überwunden", sagte er. „Aber beim Tauchen im dunklen Wasser war sie wieder da. Und wir müssen tauchen, unsere Reise führt uns zum Nachtblauen Meer." Er seufzte tief. „Ich kann nicht versagen, Nemal, sonst werde ich wieder nach Hause geschickt. Ganz bestimmt wird es dort Prüfungen geben, die muss ich bestehen, ich muss!"

Nemal fiepte leicht. „Du bist unser Tierflüsterer, Mohit. Und wir lassen dich nicht im Stich. Nirgends. Es gibt nicht nur Miracorns wie uns, die im Deepwood heimisch sind. Wir können auch im Wasser leben."

Mohit richtete sich auf. Die Hand mit dem Miracorn darauf hob er so nahe an seine Augen wie möglich.

„Wirklich? Ich … ihr könnt auch unter Wasser leben? Oh Nemal! Ihr werdet mich auch im dunklen Wasser nicht allein lassen?"

Nemal schlug sachte mit den Flügeln. „Ich bin überzeugt, du würdest es auch ohne unsere Hilfe schaffen. Aber wenn du uns brauchst, sind wir da. Schon morgen wirst du ein paar Vertreter der Wasser-Miracorns kennenlernen. Dafür sorge ich noch heute Nacht!"

Kapitel 3

Segeln für Anfänger

Ein Crashkurs im Segeln! Amy wunderte sich, warum sie dann durch den Dschungel marschierten und nicht zum Indigobach gingen. Eko, der Berggorilla und Lehrer für Selbstverteidigung, und Lady Poppy gingen voran.
Die Richtung, die sie einschlugen, war neu für die angehenden Tierflüsterer, so weit nach Osten hatten sie sich bisher noch nie vom Hauptquartier entfernt.
„Wo gehen wir hin, Poppy?", fragte Amy nach einer Weile. „Ich verstehe nicht … wieso sind wir nicht am Indigobach bei den Baumhäusern geblieben? Fürs Segeln brauchen wir doch einfach nur Wasser."
„Nicht ganz, Amy", gab die Wildhüterin knapp zurück. „Wir benötigen noch Wind und das richtige Arbeitsgerät, deshalb folgen wir dem Bach ein Stück Richtung Krokodilfluss, lasst euch überraschen!"
Der Tag war unglaublich schwül, ganze Schwaden von Moskitos umschwirrten die Gruppe. Sie ließen sich

auch nicht von Lady Poppys Kräutermischung gegen Stechmücken abschrecken, mit der sich alle eingerieben hatten. Unbarmherzig stachen die kleinen, flinken Insekten an jeder sich bietenden Stelle zu.

„Mein ganzer Arm ist voller Pikser", beschwerte sich Mohit.

Amy nickte. „Oh Mann, ich komme mir vor, als hätte ich die Beulenpest!"

Mit kräftigen, zielstrebigen Bewegungen bahnte sich Eko den Weg durch den Dschungel, den Indigobach immer im Blick. Lady Poppy und die Mädchen und Jungen folgten ihm, begleitet von zahlreichen Affen, die in den Bäumen über ihnen turnten.

„Seht euch die an!" Amy deutete auf eine Gruppe von schlanken Äffchen mit rotem Fell und auffällig langen Fingern. „Die sind ja niedlich."

Eko drehte sich zu Amy um. „Sie sind Löwenäffchen und kommen eigentlich nur in Brasilien vor. Seit vielen Jahren suchen immer mehr von ihnen Schutz in Whisperworld."

„Die Tiere sind stark gefährdet. Ihr eigentlicher Lebensraum wird mehr und mehr zerstört", ergänzte Lady Poppy. „Die Menschen roden zunehmend die Wälder, in

denen die Löwenäffchen leben, um wertvolles Tropenholz zu gewinnen, Plantagen und Siedlungen anzulegen."
„Verstehe ich nicht", murmelte Coco. „Die Löwenäffchen sind so hübsch und scheinen so freundlich zu sein. Man muss sie einfach schützen!"
Lady Poppy zuckte mit den Schultern. „Das tun wir ja, Coco. Und es wird eure Aufgabe für die Zukunft, deshalb seid ihr hier."
Immer matter wurde das Licht, je tiefer sie in den Dschungel vordrangen. Etliche Farne säumten den schmalen Pfad, Schlingpflanzen hingen von den Bäumen und erschwerten den Weg durch den Dschungel.
Amy war überwältigt von der Farbgewalt der Blätter und Blüten, überall duftete es herrlich frisch. An einer hohen Blume mit einer blau-orangefarbenen Blüte blieb sie stehen. Die Form der Blüte erinnerte an den Kopf eines Vogels mit Haube.
Mohit trat neben sie, ebenso Enisa.
„Eine Strelitzie", sagte Mohit, „die kenne ich von den großen Blumenplantagen in Indien. Man nennt sie auch Paradiesvogelblume."
Enisa lächelte. „Der Name passt viel besser, finde ich."

Ein leises Knurren, dann ein heiseres Bellen ließ die Gruppe aufhorchen. Blitzschnell hatte sich Lady Poppy umgedreht, war ein paar Meter zurückgespurtet und stellte sich schützend und abwartend vor die Mädchen und Jungen. Eko bewachte die Gruppe von der anderen Seite. Alle hielten den Atem an. Wer näherte sich ihnen gerade? Freund oder Feind?

Amy fasste instinktiv nach Cocos Hand und die griff nach der Hand von Enisa. Trotz ihrer Furcht durchströmte Amy ein warmes Gefühl, als sie ihre geschlossene Reihe sah. Die Tierflüsterer hielten zusammen … ein richtig gutes Team!

„Komm raus", erklärte Lady Poppy mit fester Stimme. „Wer auch immer du bist."

Nach einer gefühlten Ewigkeit teilte sich ein Busch und zwei Gesichter kamen zum Vorschein. Zwei rötlich braune, dunkel gefleckte mit auffälligen Pinselohren und markantem Backenbart. Ein Gesicht war klein und schmal, das andere ausgewachsen und angespannt.

„Enja! Adin!", rief Coco wie vom Donner gerührt. Mit breitem Grinsen wandte sie sich der Luchsin und ihrem Jungen zu. „Was macht ihr hier?"

Die Luchsin trat nun ganz aus dem Busch hervor und

schob ihr Junges mit sich. „Ich wollte euch begleiten und auf dich aufpassen, Coco. Ihr reist bald ab und so können wir noch etwas Zeit gemeinsam verbringen."

Amy beobachtete, wie Chuck die Augen verdrehte und Enisa einen heftigen Seufzer losließ. Dann blickte sie zu Coco, die über das ganze Gesicht strahlte. Sie war stolz. Amy gönnte Coco dieses Gefühl von Herzen. So oft hatte die Freundin erzählt, dass sie in ihrer Familie die Jüngste, das Nesthäkchen gewesen war, das niemand ernst nahm. Hier im Dschungel war das anders. Coco war ein wichtiges Mitglied des Teams und hatte als erste Tierflüsterin eine bedeutende Aufgabe bekommen.

„Wieso müssen deine Tiere jetzt dabei sein?", fragte Paul mürrisch. „Mohits Miracorns schwirren doch auch nicht um uns herum. Und andere haben das Flüstern noch gar nicht gehört."

„Paul …", murmelte Enisa, ihr war das Verhalten ihres Freundes unangenehm. „Eifersucht ist hier fehl am Platz."

Das zurückhaltende Mädchen aus der Wüste fragte sich, ob die Konkurrenz mit Chuck Paul so nervte, dass er auch zu den anderen pampig war. Enisa seufzte, das passte so gar nicht zu ihm.

„Also, ich finde, dass die beiden Luchse gut in unser Team passen", meinte Amy. „Je mehr wir sind, desto besser und sicherer."

„Danke, Amy." Coco nickte der Freundin zu.

„Du hast recht, Amy." Lady Poppy stiefelte weiter. „Lasst uns gehen."

Energisch lief sie noch ein kurzes Stück durch den Dschungel und steuerte dann auf einen kleinen morastigen See zu, eine Ausbuchtung des Indigobachs. An seiner westlichen Seite wurde der See von einem Felsen, aus dem ein halbwegs starker, aber gleichmäßiger Wasserfall plätscherte, begrenzt.

„Wir müssen hinter den Wasserfall", erklärte Lady Poppy. „Dort sind unsere Boote."

Geschickt wie ein kleines Kapuzineräffchen und nicht wie ein riesiger Berggorilla kletterte Eko in den Spalt zwischen Fels und Wasser. Offensichtlich war dahinter eine große Höhle, denn nach kurzer Zeit stieß der Berggorilla mit seinem einen Arm zunächst eine, dann zwei weitere Jollen aus dem Versteck in den See. Danach trug er drei Masten, Segel und Befestigungsmaterial ans Ufer.

„Sehr gut, Eko, weiter so!", rief Lady Poppy. „Ich fange

schon mal an, den Mast zu stellen. Und ihr“, sie blickte Amy, Coco, Chuck, Enisa, Mohit und Paul der Reihe nach an, „geht mir zur Hand und passt genau auf. Segler benutzen besondere Wörter, die ihr kennen solltet. Eine Jolle ist ein Boot. Bug ist vorn im Boot, Heck hinten. Steuerbord ist rechts, Backbord ist links.“

Während Eko weiteres Material ans Ufer trug, packten zunächst Chuck, Paul und Amy gemeinsam mit Lady Poppy den Mast auf die erste Jolle. Geschickt verschraubte Paul den Mast am Schiff, schnappte sich danach ein merkwürdiges Metallteil mit einer kleinen Fahne und klemmte es ans Ende des Mastes.

„Woher weißt du, was du machen musst?“, fragte Amy erstaunt.

Paul grinste. „Meine Eltern sind Segler und ich war schon oft dabei“, erklärte er.

Lady Poppy lachte. „Ich glaube, ich werde hier nicht mehr gebraucht. Sag mal, Paul, kann ich Kaffee trinken gehen?“

Amy bemerkte, wie sich Pauls Wangen röteten.

„Ich will es auch lernen.“ Amy knuffte Paul in die Schulter und er entspannte sich etwas. „Los, sag mir, was ich machen soll.“

„Na gut“, murmelte Paul etwas verlegen.
„Gib mir Befehle, Alter“, meinte Chuck. „Ich bin dein Knecht!“

Nach ein paar Kommandos von Paul und kleinen Hinweisen von Lady Poppy dümpelten drei funktionstüchtige Jollen auf dem dunklen See.
Eko packte sie an den Seilen, mit denen sie vertäut werden konnten, und schleifte eins nach dem anderen wie eine fette Beute zum breiten Indigobach, der hier nicht mehr weit vom Krokodilfluss entfernt war.
Lady Poppy lächelte glücklich. „Also, bisher war das alles ein Kinderspiel. Jetzt wird es ernst. Ihr übt segeln, und zwar von hier bis zurück ins Hauptquartier.“
„Oh my God, deshalb mussten wir durch den Dschungel krabbeln.“ Amy kicherte. „Eigentlich klar, wir brauchen ja auch ein bisschen Strecke zum Segeln.“
„Bingo!“ Lady Poppy verzog keine Miene, sondern blieb stocksteif stehen, steckte einen Zeigefinger in den Mund und hielt ihn dann in die Höhe. „Perfekt. Vom Krokodilfluss her kommt leichter Wind auf, genau wie ich es vermutet hatte. Das wird für die kleinen Boote reichen.

Wenn alles klappt, segelt ihr in einer knappen Stunde bis zum Hauptquartier hinab." Die Lehrerin lachte.
Wenn den angehenden Tierflüsterern bisher nicht der Schweiß ausgebrochen war: Spätestens jetzt war es so weit. Bis auf Paul hatte keiner von ihnen jemals in so einer Nussschale gesessen oder war damit gesegelt.
„Diese kleinen Boote, auch Jollen genannt, reagieren direkt auf das Zusammenspiel zwischen Wasser, Wind und Segel. Sie sind viel wendiger als andere Boote", erklärte Lady Poppy.
„Das ist ja alles schön und gut, aber wann segeln wir endlich?", wollte Chuck wissen.
Lady Poppy hob die Brauen. „Geht gleich los, Brauner." Sie riss einen kleinen Zweig von einem Baum und brach ihn in mehrere unterschiedlich lange Stücke. „Jetzt wählen wir die Teams, denn nun beginnt eure nächste Prüfung. Ihr segelt eine kleine Regatta, ein faires Wettrennen. Das Team, das sich auf dem Wasser bewährt und als Erstes am Hauptquartier ankommt, hat gewonnen." Sie warf einen Seitenblick zu Chuck. „Du segelst mit, Chuck, aber nur, weil die anderen dich brauchen. Deine Leistung wird nicht gewertet, die bist von der Prüfung ausgeschlossen."

„Dann muss ich mich ja auch nich so ins Zeug legen“, maulte Chuck. „Pech für euch, Leute.“
Eko trat ganz nah vor Chuck und sah ihm missbilligend in die Augen.
„In Whisperworld geht es um Teams. Wir sind keine Einzelkämpfer. Wir halten zusammen. Das ist das Geheimnis des Lebens.“
Chuck senkte den Kopf. Er wusste, vor wem er sich keine Widerworte erlauben durfte.
Lady Poppy nickte. „Ich habe hier drei Stöckchenpaare. Jeweils die beiden, die die gleiche Länge ziehen, bilden ein Team. Wer traut sich zuerst?“
Amy freute sich, dass sie mit Mohit segeln würde, auch Paul und Coco würden sich als Team gut verstehen. Enisa dagegen schien nicht ganz so begeistert, denn ihr Los war auf Chuck gefallen.
„Und bitte die Schwimmwesten anlegen, auch wenn der Indigobach nicht so tief wie das Meer ist.“ Lady Poppy deutete aufs Wasser, aus dem jetzt der Kopf eines Krokodils ragte, daneben der einer Schlange. „Außerdem passen Owen und Pandora auf euch auf. Ertrinken könnt ihr nicht und Gefahren unter Wasser gibt es hier nicht.“

Mohit sah unruhig auf das Wasser. Hier am Oberlauf war der Indigobach wesentlich breiter als am Hauptquartier und hatte eine kräftige Strömung, die einen sicher leicht unter die Oberfläche ziehen konnte, wenn man nicht aufpasste. Auf keinen Fall wollte er über Bord gehen!
Lady Poppy wischte sich ein paar Schweißperlen von der Stirn. „Ich hoffe, ihr könnt nun alles umsetzen, was ich euch erklärt habe. Eko und ich machen uns mit Enja und Adin auf den Rückweg. Überprüft noch einmal Bug, Heck und Segel, dann kann es losgehen. Und passt auf den Großbaum auf, haut euch nicht die Köpfe ein. Habt Spaß, ihr Lieben. Wir sehen uns!“ Sie winkte kurz und verschwand in den grünen Tiefen des Dschungels.
Für einen Moment sahen sich die Mädchen und Jungen unschlüssig an. Amy fing sich als Erste: „Los, Mohit, ab in unsere Jolle. Lasst den Wettkampf beginnen!“ Sie lachte fröhlich, aber sie merkte, wie sich noch etwas anderes in ihr regte: Ehrgeiz. Sie wollte diese Regatta gewinnen. Amy hatte das Gefühl, dass Paul und Chuck sie und die anderen von oben herab behandelten, und das wollte sie sich auf keinen Fall bieten lassen.
Johlend liefen alle Teams zu ihren Booten, nahmen Platz

und versuchten mehr oder weniger gekonnt, das Segel in den Wind zu stellen.

Amy hob den feuchten Finger wie Lady Poppy. „Wir haben Rückenwind, Mohit, also das Segel ganz zur Seite, damit der Wind voll reinblasen kann."

Geschickt manövrierte sie die Jolle, sodass das Boot sofort in Führung ging und den Indigobach hinuntersauste. Mohit, der sich noch ziemlich unsicher fühlte, folgte ihren Ansagen.

Der Wind blähte das Segel, Gischt spritzte Amy ins Gesicht. Sie fühlte sich großartig! Endlich etwas, bei dem sie sich geschickter als alle anderen anstellte. Amys Augen wanderten nach rechts und links, während sie routiniert über den Fluss sauste. Schon nach wenigen Minuten hatte sie einen guten Vorsprung herausgefahren und wollte ihn auch unbedingt halten.

„Sie dürfen nicht aufholen, Mohit!", rief sie mit flackerndem Blick. „Du musst dich auf die andere Seite des Bootes setzen, zu mir. Beeil dich!"

Eigentlich war Mohit gerade damit beschäftigt gewesen, seine Schwimmweste wieder anzulegen. Er hatte sie ausgezogen, weil irgendwas daran ihn gedrückt hatte. Jetzt

ließ er sie einfach liegen, um Amys Aufforderung schneller nachkommen zu können. Mit vorsichtigen Bewegungen krabbelte er zu Amy, ohne das Wasser aus dem Blick zu lassen, das hier dunkel und geheimnisvoll war.
Für Amys Geschmack waren seine Bewegungen allerdings viel zu langsam. Sie musste das allein schaffen, Mohit war keine Hilfe. Eher das Gegenteil.

Paul hatte zwar schon Erfahrung im Segeln und Coco hatte während des Unterrichts gut aufgepasst, aber sie konnten Lady Poppys Erklärungen nicht umsetzen, zumindest nicht gemeinsam.
„Lass mich das Segeln übernehmen, Coco“, forderte Paul lautstark. „Du bist viel zu schwach und ich habe mehr Ahnung.“
Coco zeigte ihm empört einen Vogel. „Spinnst du? Lass dein Machogehabe, Paul, und achte lieber auf das Segel. So kommen wir nämlich nicht weit. Achtung!“
Mit einem gewagten Sprung konnte Coco gerade noch dem Großbaum entgehen, den Paul einfach losgelassen hatte und der Coco beinahe vom Boot katapultiert hätte.
„Pass doch mal auf, Paul!“ Coco kauerte sich schwer

atmend auf die Jolle. „Vor lauter Ehrgeiz musst du mich nicht in Gefahr bringen. Wir sind ein Team, verstehst du das nicht?"

Belustigt beobachtete Chuck, wie sich Paul und Coco stritten und währenddessen immer mehr zurückfielen. Die Situation wollte er nutzen und Enisa und sich mit ihrer Jolle an Amy und Mohit vorbei an die Spitze setzen.

„Nicht mit mir!", brüllte Amy, die Chucks Versuch sofort bemerkt hatte. Mit einem riskanten Manöver stieß sie gegen den Großbaum, um noch besser im Wind zu stehen. Doch dabei hatte sie Mohit vergessen, der von dem Segelteil in den Rücken getroffen wurde. Er verlor das Gleichgewicht.

Erschrocken fiel er mit einem lauten Klatschen ins dunkle Wasser.

Amy kreischte. „Nein! Mann über Bord!" Panisch versuchte sie, die Jolle zu stoppen und zu drehen, was ihr mehr oder weniger gut gelang.

Doch keine Spur von Mohit.

Amy lief es heiß und kalt den Rücken hinunter. Hatte der Großbaum ihn so getroffen, dass er ohnmächtig geworden war? Versank er gerade in den Tiefen des Indigobaches?

„Oooooowen!“, brüllte Amy aus Leibeskräften. „Pandoooora, wo seid ihr?“

Doch am Ufer oder im Bach war keine Regung zu erkennen. Kein Schäumen, kein Strudel, keine aufgewühlte Oberfläche. Das Wasser war glatt wie ein Brett.

Amy geriet in Panik. „Mann über Bord!“, brüllte sie noch einmal. „Hilfe! Wir müssen Mohit retten!“

Erst jetzt erkannte Coco den Ernst der Lage. „Mohit ist weg! Wir müssen ihn rausholen, mach langsam, Paul!“, rief sie.

„Damit Chuck dann gewinnt? Vergiss es“, knurrte Paul und zog die Schot so, dass sich das Segel maximal in den Wind stellte. „Wir bleiben auf Kurs.“

„Hast du eine Meise?! Mohit ist im Wasser, er könnte ertrinken!“

„Blödsinn“, antwortete Paul knapp. „Der hat ’ne Schwimmweste an. Und in Whisperworld passen jede Menge Tiere auf uns auf. Owen und Pandora werden gleich da sein und wir können einfach weitersegeln.“

Coco kniff die Augen zusammen. „Du bist wirklich ein Idiot.“ Zu gern wäre sie einfach ins Wasser gesprungen, um Mohit zu helfen, aber sie hatte Angst, dass die Jolle

dann umkippen könnte. Sie musste an Bord bleiben und tatenlos zusehen, wie sich ihre Jolle immer weiter von Amys Boot entfernte.
Enisa ging es genauso. Kaum war Mohit ins Wasser gefallen, beobachtete sie, wie er erst hilflos mit den Armen ruderte und dann langsam zu versinken drohte. „Halt an!", rief sie Chuck zu. „Mach doch was!"
Doch Chuck schüttelte den Kopf und deutete auf Paul. „Damit der gewinnt? Vergiss es."

Mohit ging tatsächlich zunächst unter wie ein Stein. Er war viel zu perplex, um geordnete Schwimmbewegungen zu machen. Panisch öffnete er die Augen unter Wasser und trat wild um sich. Doch dann bemerkte er, dass das Wasser doch weniger trüb und dunkel war, als er vermutet hatte. Es leuchtete! Dutzende kleine Lichtpunkte strahlten ihm von allen Seiten entgegen. Als er genau hinsah, erkannte er Wasser-Miracorns, die mithilfe ihrer Flossen umherglitten. Mohits Herzschlag beruhigte sich und seine Bewegungen wurden immer koordinierter. Der Anblick der Wasser-Miracorns war überwältigend!
Als er bemerkte, dass ihm die Luft ausging, winkte er

seinen Freunden zum Abschied und paddelte nach oben. Er stieß mit dem Kopf durch die Wasseroberfläche, lachte und holte tief Luft.

„Amy!“, prustete er. „Wolltest du etwa ein bisschen Gewicht loswerden, damit du schneller vorankommst?“

„Mohit!“ Es war nicht mal eine Minute gewesen, die Mohit unter Wasser verbracht hatte. Panisch hatte Amy in dieser Zeit die Wasseroberfläche nach ihrem Freund abgesucht. Es war ihr vorgekommen wie eine Ewigkeit. In einem geschickten Manöver drehte Amy die Jolle so bei, dass Mohit das Boot erreichen konnte. Neben ihm waren inzwischen auch Owen und Pandora aufgetaucht, die gar keinen Einsatz mehr zeigen mussten. Mohit schwamm ruhig und gelassen auf die Jolle zu, von Angst vor dem dunklen Wasser war ihm nichts mehr anzumerken.

„Oh Mann.“ Amy schnaubte. „Tut mir so leid, Mohit, wie konnte ich nur so blöd sein? Auf einmal hatte mich der Ehrgeiz gepackt und …“

Mohit spuckte eine Ladung Wasser an Bord und krabbelte dann erschöpft auf die Jolle. „Alles gut, Amy, alles gut.“

Amy nickte, Tränen standen in ihren Augen. Wieder einmal hatte sie gemerkt, dass es in Whisperworld wichtig war, ein Team zu sein. „Wenn du erlaubst, schippere ich uns ganz entspannt nach Hause. Das ist das Mindeste, was ich für dich tun kann, nachdem ich mich so blöd benommen habe. Lehn dich zurück, Mohit, das hast du dir verdient!“

Es dauerte eine gefühlte Ewigkeit, bis die Jolle mit Amy und Mohit am Hauptquartier ankam. Paul stand triumphierend auf dem Steg. Man konnte ihm deutlich ansehen, dass er gewonnen hatte. Chuck lag im Gras, die Augen geschlossen, und schien zu schlafen. Coco und Enisa rannten dem Boot entgegen.

„Mohit, ein Glück“, keuchte Coco.

„Ich habe mir solche Sorgen gemacht!“, rief Enisa.

Lady Poppy hockte entspannt auf dem Steg und ließ die Füße ins Wasser baumeln.

„Gut, dass ihr es geschafft habt. Vertäut das Boot am Steg und dann zieht euch erst mal was Warmes an. Morgen machen wir weiter mit unseren Übungen.“

Amy knetete nervös ihre Hände. „Es tut mir leid, Poppy, ich habe Mohit in Gefahr gebracht, weil ich …“

„Kein Thema, Amy.“ Lady Poppy erhob sich. „Du bist nicht die Einzige, die sich unfair verhalten hat. Aber du hast es wenigstens eingesehen." Sie seufzte. „Am Teamgeist müssen wir noch ganz schön hart arbeiten, habe ich den Eindruck. Diese Prüfung ist auf jeden Fall komplett in die Hose gegangen. Ich werde mit Doktor Noa und den anderen darüber sprechen."

Kapitel 4

Die *Humboldt*

Die nächsten Tage waren ausgefüllt mit Vorbereitungen für die Reise, Unterricht in Tier- und Pflanzenkunde, Segelübungen und Tauchgängen. Eine positiv angespannte Stimmung lag über dem Deepwood, es schien, als würde jeder die Wichtigkeit der bevorstehenden Expedition spüren.

Nach der katastrophalen letzten Prüfung versuchten sich die Mädchen und Jungen maximal zusammenzureißen. Nach außen herrschte Harmonie, aber Enisa wurde das Gefühl nicht los, dass Paul und Chuck ständig wie Boxer umeinander rumtänzelten, den Nacken gebeugt, die Handschuhe schützend vor dem Gesicht.

„Super, Enisa“, lobte Max beim letzten Tauchgang am Abend vor ihrem Abreisetag zum Nachtblauen Meer. „Um dich mache ich mir beim Tauchen keinen Kopf. Das schaffst du!“

Enisa wurde rot. So viel Lob, so viel Aufmerksamkeit

hatte sie noch nie in ihrem Leben bekommen. Sie fühlte sich mittlerweile angekommen. Seit der schief gelaufenen Regatta spürte sie nicht mehr nur zu Amy, sondern auch zu Coco eine enge Bindung. Mit ihr hatte sie sich auf dem Steg furchtbar darüber aufgeregt, dass Chuck und Paul einfach weitergesegelt waren. Gegen ihrer beider Willen! Aber zumindest hatte diese Sache Coco und sie zusammengebracht. Sie waren Freundinnen! Und Enisa hatte noch nie Freundinnen gehabt. Auch Mohit mit seiner Höflichkeit, seiner Nachdenklichkeit und seinem großen Herzen war für sie wie ein Bruder geworden. Mit Chuck kam sie einigermaßen aus. Nur die Veränderung, die sie an Paul spürte, bereitete ihr Sorgen, denn sie ahnte, was wirklich in Paul vorging. Paul hatte Angst. Angst, dass das Flüstern, das er gehört hatte, nicht ihm gegolten hatte.
„Könnt ihr euch das vorstellen?" Mohit hob prustend den Kopf aus dem Wasser. „Die Miracorns sind unter Wasser wirklich jedes Mal bei mir. Ich kann tauchen. Ganz ohne Angst!"
Enisa freute sich für Mohit, dass mehr als ein Dutzend der filigranen Wesen vom Nachtblauen Meer in den Deepwood geschwommen waren. Sozusagen als Vorhut.

Als alle ihre letzte Tauchübung absolviert hatten und das Material zur Abreise verstaut war, versammelten sich die Mädchen und Jungen, Doktor Noa mit Carlos und Iggy, Lady Poppy mit Owen und Pandora, Silvester, Max, Lola, Eko und viele andere Tiere am Indigobach.
Der Mond tauchte das Wasser in ein schimmerndes silbernes Licht. Aus dem Dschungel drangen wie jeden Abend zahlreiche leise und laute, kehlige, fiepende und kreischende Töne. Bis das Brüllen von Carlos für Ruhe sorgte.
Roaaaaar!
„Danke, Carlos.“ Doktor Noa legte ihrem Freund sanft die Hand auf den Rücken. „Tierflüsterer, die Nacht wird kurz, seid morgen sehr früh bereit. Ummi wird euch wecken. Auf zum Nachtblauen Meer.“
„Auf zum Nachtblauen Meer“, wiederholten alle mit bebenden Stimmen, während aus den Tiefen des Deepwood ein Klopfen und Klackern ertönte.

„Morgen! Guten Morgen! Schönen Morgen! Aufstehen!“, quäkte Ummi und trommelte mit seinen Fäusten auf Enisas Bauch. „Ich muss weiter, die anderen wecken.“

„Morgen, Ummi …“ Sofort hatte Enisa gute Laune, als sie ihren kleinen Freund sah. Wie jede Nacht hatte das Äffchen bei ihr im Piratenhaus hoch oben im mächtigen Gummibaum geschlafen.
Enisa gähnte und rieb sich die Augen. Vorsichtig richtete sie sich auf. Sie hatte in der Nacht so gut wie kein Auge zugemacht, obwohl sie sich fest vorgenommen hatte, den Luxus der Baumhäuser noch einmal zu genießen. Wer wusste schon, was auf sie zukam?
Aber sie wollte Ummi nicht in Verlegenheit bringen und schälte sich sofort aus dem Bett, eilte in ihr kleines Bad hoch über den Wolken, wusch sich, zog sich an und packte ihren Rucksack, in dem sie alles Notwendige verstaut hatte. Sie war bereit für das nächste Abenteuer.
Knapp vierzig Minuten später war der große Trupp bereits vor dem Morgengrauen zu Fuß unterwegs durch den Deepwood Richtung Krokodilfluss. Wie immer trug Madu, der alte und treue Sumatra-Elefant, das Gepäck, damit die Gruppe in der Schwüle des Morgens leichter vorankam.
Diesmal waren fast alle Lehrer dabei, nur Eko blieb zur Bewachung des Hauptquartiers zurück, unterstützt von

etlichen Tieren. Coco hatte darum gebeten, dass Enja sie zum Krokodilfluss begleiten und dann wieder zu ihrem Sohn zurückkehren dürfe. Owen und Pandora nahmen nicht den für sie beschwerlichen Weg durch den Dschungel, sondern schwammen bereits durch den Indigobach zum Krokodilfluss.

„Oh Mann, ich bin so aufgeregt! Was uns am Nachtblauen Meer wohl erwartet?“ Amys Augen leuchteten. „Ob ich dort vielleicht endlich auch mein Flüstern höre?“

Coco legte den Arm um Amys Schultern. „Ich wünsche es dir sehr. Aber ehrlich gesagt mache ich mir gar keine Sorgen um dich, Amy. Auch wenn es länger dauert als bei anderen … deine Art wartet schon auf dich, da bin ich ganz sicher.“

„Warten lohnt sich meistens“, erklärte Enisa, während sie den beiden durch den dunstig-feuchten Dschungel folgte. Im Deepwood begann gerade eine ganz spezielle Wachablösung. Die nachtaktiven Tiere zogen sich zurück, die tagaktiven machten sich lärmend auf den Weg. Immer wieder tauchten auf ihrem Weg die langhaarigen Köpfe und Arme der Orang-Utans auf, die sich um diese Zeit langsam aus ihren Blätternestern schälten. Wieder einmal beobachtete Enisa fasziniert, wie farbenfroh die Tiere und Pflanzen hier im Deepwood waren. Nach der feuchten Nacht wirkte alles wie frisch geputzt.

„Psst, wartet kurz“, gab Doc von vorn die Anweisung. „Bleibt stehen und bewegt euch nicht.“

Enisa und ihre Freunde hielten den Atem an, Enja fauchte leise. Was kreuzte ihren Weg?

In diesem Moment teilten sich die Farne und Büsche vor ihnen und ein Dutzend dicklicher Vögel, mindestens so groß wie Silvester, mit braun-grauem Federkleid und fast kahlen, kräftigen Beinen sowie breiten, entenartigen Füßen erschien.

„Dustler!“, quiekte Amy entsetzt und machte auf dem Absatz kehrt. Mit Schrecken erinnerte sie sich an die erste Begegnung mit den nebelspuckenden Tierwesen.

„Ohne mich“, knurrte Chuck. „Nich schon wieder.“

Eilig wollte er Amy folgen, doch Doktor Noa hielt beide zurück.

„Psst, Amy, bleib ruhig, Chuck! Das sind keine Dustler, sondern gutmütige Moas. Große, flugunfähige und angeblich längst ausgestorbene Laufvögel. Es ist selten, dass man sie zu Gesicht bekommt! Also … pssst!“

Aus sicherer Entfernung beobachteten sie, wie sich die Vögel ziemlich unbeholfen durch den Dschungel bewegten. Ihr braunes Federkleid bebte bei jedem Schritt, die Füße mit den breiten Zehen suchten unsicher Halt auf dem unebenen Boden. Ohne die Gruppe zu beachten, querten sie den Pfad und verschwanden im saftigen Grün. Chuck sah den Vögeln noch eine Weile nach und schüttelte dann energisch den Kopf. „Richtig schön ham die aber nich ausgesehen."

Lady Poppy lachte dröhnend. „Schönheit liegt im Auge des Betrachters, Chuck. Wer weiß, wie sie dich fanden?"

Nach knapp zwei Stunden flotten Fußmarsches hatten sie den Krokodilfluss erreicht. An einer Stelle, an der die Uferböschung so breit war, dass alle Platz hatten, blieb die gesamte Mannschaft aus Lehrern, Schülern und Elefant Madu stehen.

„Der Krokodilfluss sieht großartig aus. Wie ein braunes Band", stellte Enisa fest. Alle betrachteten das breite Gewässer. „Man kann noch nicht mal das andere Ufer sehen!" Enisa war beeindruckt. Sie bemerkte, dass um sie herum die einzige Stelle am Ufer war, an der man direkt an den Fluss herantreten konnte. Sonst war der Uferbereich ein Dickicht aus eng stehenden Pflanzen. Irgendjemand musste hier regelmäßig dafür sorgen, dass die Uferstelle frei blieb.

„Alles klar. Und wo is jetzt unser Schiff?“, fragte Chuck und pflückte leicht genervt einen grün schimmernden Käfer von seiner Hose.

Doktor Noa grinste und legte die Leinentasche mit Iggy auf den Boden. Der Leguan krabbelte flink heraus, sah sich mit wippendem Kopf um.

Doktor Noa hielt sich einen Ring aus Daumen und Zeigefinger an ihre Lippen und ließ einen gellenden Pfiff los. Überrascht stoben Schwärme von Tukanen, Papageien und Kolibris in die Luft, schwebten einen Weile über den Wipfeln und ließen sich dann, als nichts weiter passierte, wieder auf ihren Lieblingsplätzen nieder.

Dafür gab es nun im Wasser gewaltige Strudel und Strömungen, als würde sich ein Unterwasserbeben ankündigen.

„Ist das Nessie, das Seeungeheuer?“, witzelte Mohit ganz ungewohnt.

„Fast“, meinte Lady Poppy trocken. „Das sind Kanuba und Katalu, sie passen auf die *Humboldt* auf.“

Wie abgesprochen streckten in diesem Moment zwei enorm große Flusspferde ihre Köpfe aus dem Wasser. Sie prusteten kurz und wandten sich dann von der Gruppe ab. Ohne Anstrengung drückten sie mit ihren breiten Mäulern etliche Wasser- und Schlingpflanzen, riesige Seerosenblätter, Büsche, Palmen und Mangroven zur Seite, bis dahinter ein glänzender Körper erschien.
Ein Schiff, wie Enisa erst beim zweiten Hinsehen erkannte! Die Pflanzen hatten es komplett verborgen.
Kanuba und Katalu griffen mit ihren großen Zähnen nach zwei dicken Seilen, mit denen sie das Schiff ein wenig aus dem Versteck nach vorn zogen. Silvester kam ihnen zu Hilfe und vertäute die Seile am Ufer.
„Wow!" Enisa machte große Augen.
„Hammer! Das Ding ist ja richtig groß. Und hat sogar Solarmodule", stellte Paul fachmännisch fest. „Ein megamoderner Solarsegler!"
„Na klar." Doktor Noa zuckte mit den Schultern. „Für Umweltschützer sollte das doch selbstverständlich sein."
„Also, Leute, Gepäck an Bord", forderte Silvester. „Jetzt geht es richtig los."
In großer Vorfreude halfen alle dabei, Madu abzuladen,

schnappten sich die wild herumliegenden Gepäckstücke und trugen sie vorsichtig über eine Rampe an Deck.

Ehrfürchtig betrat Enisa zum ersten Mal in ihrem Leben so ein großes Schiff. Das hier war etwas ganz anderes als die kleinen Jollen, in denen sie das Segeln geübt hatten.

Eilig, noch bevor die anderen so weit waren, packte sie zwei Gepäckstücke und lief damit unter Deck. Sie war so neugierig, wie es dort aussah!

Wieder blieb sie beeindruckt stehen. Wie an Deck war hier alles modern und sauber. Fünf Kabinen gab es, schlicht und bequem eingerichtet, dazu einen großen gemeinsamen Raum. Enisa fuhr vorsichtig mit einer Hand über den Tisch, an dem sie demnächst mit den Lehrern und ihren Freunden essen würde, und ein Lächeln huschte über ihr Gesicht.

„Enisa?“ Amy spähte in den Salon. „Hast du eine Ahnung, wo Paul abgeblieben ist?“

Enisa schüttelte den Kopf.

„Na, egal.“ Amy zuckte mit den Schultern. „Silvester sagt, wir brauchen auf jeden Fall noch Hilfe, kommst du?“

„Natürlich“, gab Enisa zurück. „Ich habe nur etwas nach unten getragen.“

Eilig hechtete Enisa zurück und die Rampe hinunter ans Ufer. Als sie den Weg zu Madu entlanglief, gab Doktor Noa dem Tier gerade einen Klaps auf den dicken Elefantenpo.

„Ab nach Hause mit dir, mein Bester. Ich werde dich vermissen."

Ein durchdringendes Tröten war die Antwort, dann zog sich Madu wieder in den Deepwood zurück, schnurstracks Richtung Hauptquartier.

„Enisa, gut, dass du da bist." Max lächelte. „Chuck, du kannst mit Mohit die Vorräte unter Deck tragen. Amy, Coco, habt ihr schon die Schlafsäcke weggeräumt? Paul? Ich vermisse Paul, aber der genießt wahrscheinlich die Ruhe an Deck." Max hievte ein letztes Gepäckstück vom Boden. „Hier ist noch eine große Tasche mit Tauchausrüstung, schaffst du das, Enisa?"

„Natürlich." Enisa nickte.

Dass sie das Gefühl hatte, unter der Last des Materials beinahe zusammenzubrechen, musste Max nicht wissen und auch sonst niemand. Schnaufend und schwitzend schleppte Enisa die Tasche Schritt für Schritt Richtung Segelboot und hielt dazwischen immer wieder kurz an, um

Luft zu holen. Als sie gerade die Rampe erklimmen wollte, sah sie es: Unten am Krokodilfluss, im Schutz einiger Mangroven, kauerte Paul. Und vor ihm im Wasser, Enisas Atem stockte, dümpelte ein großer Hai mit einer schwarz gefärbten Rückenflosse. Etliche weitere Haiflossen waren in einiger Entfernung zu sehen.

Enisa schaute sich um, niemand sonst schien Paul und die Haie bemerkt zu haben. Keiner bis auf … die Blicke von Carlos, der lauernd an der Reling stand, und Enisa trafen sich.

Ich weiß, was da gerade passiert, sagte die Körperhaltung des Löwen, *ich werde nicht eingreifen, nur beobachten.*

Mit einem leichten Kopfnicken gab Enisa zu verstehen, dass auch sie sich zurückhalten und nur zusehen würde. Und auch das schien ihr fast zu viel, denn die Begegnung zwischen Paul und den Haien war unglaublich innig …

Auf Enisa wirkte Paul total entspannt und im Hier und Jetzt. Er hockte am Ufer im Wasser. Vor ihm streckte der Hai mit der besonderen Rückflosse seinen Schädel aus dem Wasser. Genau wie vor drei Wochen. Instinktiv hatte Paul eine Hand auf die Kiemen des Hais gelegt, während das Tier neben ihm sachte Bewegungen im Wasser machte.

Paul!

Pauuul!

Und diesmal hörte nicht nur Paul das Flüstern.

Enisas Herz war voll. Sie freute sich so sehr für ihren Freund und fühlte eine tiefe Zufriedenheit.

Dies war sein Moment. Und daher zerrte sie die schwere Tasche nun an Bord, als wäre nichts gewesen. Sie musste sich zusammenreißen, damit das Dauergrinsen aus ihrem Gesicht verschwand. Danach meldete sie sich freiwillig, um mit Max und Mohit ein Abendessen für alle vorzubereiten. Als schließlich die Lehrer unter Deck Karten spielten und Chuck sich bereits in seinen Schlafsack gekuschelt hatte, trafen sich Amy, Coco, Enisa, Mohit und Paul unter dem Sternenzelt an Deck. Eng nebeneinander legten sie sich auf den Rücken und blickten in den klaren, von zahlreichen Lichtpunkten übersäten Himmel.

„Oh my God." Amy schnaubte. „Was für ein Tag. Ich bin so was von fertig vom Laufen durch den Deepwood, Packen, Tragen und Verstauen. Nichts als Arbeit. Ich kann gut verstehen, dass Chuck sich schon hingelegt hat. Gab es heute eigentlich auch etwas Schönes?"

Enisa lächelte, sagte aber nichts.

„Ich habe drei Blasen, sechzehn Mückenstiche und meine Lippen sind so trocken, dass sie immer wieder aufplatzen", brummte Coco. „Bietet jemand mehr?"

Mohit deutete zum Himmel. „Also, ich könnte mit ein paar Hundert Miracorns angeben."

Paul ließ sich noch einen Moment Zeit, setzte sich dann langsam auf und knetete seine Hände. „Ich … ich glaube, ich habe heute das Flüstern der Haie gehört. Das Flüstern von Whisperworld."

Kurz herrschte Stille und alle starrten erschrocken in die Dunkelheit. Coco war die Erste, die wieder zu sich kam.

„Oh Paul! Ich freu mich so für dich!" Sie drückte seinen Arm.

Die anderen stimmten mit ein und schon waren sie ein großes Knäuel aus Armen und Beinen, weil alle Paul gratulieren wollten, was bei Seegang und ohne Licht ziemlich schwierig war.

„Hilfe! Hilfe! Ihr zerquetscht mich ja!" Paul stöhnte und die anderen lachten.

Kapitel 5

In höchster Gefahr

Coco kauerte auf dem Vorderdeck, sah auf den Krokodilfluss und hielt immer wieder ein paar Beobachtungen in einem ihrer Notizbücher fest.

Es war sehr früh am Morgen, die anderen Mädchen und Jungen schliefen noch. Coco dagegen war mit den ersten geschäftigen Geräuschen aufgestanden, hatte Doktor Noa, Silvester und Lady Poppy beim Setzen der Segel zugesehen und ein bisschen mit angepackt.

Jetzt wollte sie den Sonnenaufgang an Deck begrüßen. Ein leichter Wind trieb das Segelschiff beinahe geräuschlos und stetig Richtung Nachtblaues Meer.

Fasziniert beobachtete Coco den Aufgang der Sonne. Wie ein praller orangeroter Luftballon, der vom Wind in die Höhe gepustet wurde, schob sie sich langsam über die Dschungelbäume und tauchte Teile des Krokodilflusses in ein goldenes Licht. Leichter Nebel hing über dem Wasser, aus den Bäumen am Ufer drang ein vielstimmiges Konzert,

manche Vögel zwitscherten leise, andere, wie die Tukane, schrien laut, wieder andere fiepten lärmend.
Coco erkannte Aras, Quetzals, Kolibris und ein paar Vögel mit merkwürdig breiten Schnäbeln.
„Das sind Nashornvögel." Doktor Noa war hinter Coco getreten und ihrem Blick gefolgt. „Es gibt verschiedene Arten, aber alle haben diesen speziellen, manchmal sehr bunten Schnabel mit Höckern."
„Sie sehen witzig aus", stellte Coco fest.
„Auf jeden Fall sehr besonders." Doktor Noa lächelte. „Leider gilt auch für Nashornvögel, dass beinahe alle Unterarten gefährdet oder sogar vom Aussterben bedroht sind. Ihre Lebensräume werden ihnen genommen."
Doktor Noa deutete mit dem Zeigefinger nach vorn. „Sieh mal da, Irawadi-Delfine!"
Fünf Flussdelfine wirbelten um die *Humboldt* herum, jagten unter dem Schiff durch und sprangen auf der anderen Seite in die Höhe. Sie sausten neben dem Schiff oder schwammen voraus und hielten immer wieder ihre runden Köpfe mit den Knopfaugen aus dem brackigbraunen Wasser. Sie keckerten laut, als wollten sie Coco und Doktor Noa begrüßen.

Cocos Herz trommelte vor Glück und Freude. Genau so hatte sie sich diesen Tagesanbruch vorgestellt. Einen Moment lang dachte sie an ihre Familie, ihre Eltern und Geschwister. Erst vor zwei Tagen hatte sie einen Brief von ihrer Mutter erhalten, in dem diese die neuesten Familiengeschichten erzählt und Coco darin bestärkt hatte, ihre Ausbildung in Whisperworld als glückliche Fügung anzusehen. Einen Abschnitt las Coco mehrere Male.

Wir denken jeden Tag an dich … Sei nicht traurig, auch wenn wir nicht zusammen sind. Ich liebe dich immer, egal wo du bist. Das, was du in Whisperworld lernst, wird die Welt verändern. Ich bin stolz auf dich! …

Coco seufzte.
Manchmal vermisste sie vor allem ihre Eltern so, dass es wehtat. Aber dann sprach sie darüber mit Amy oder Mohit oder weinte sich bei ihnen aus, die beiden nahmen sie in den Arm und sofort spürte Coco, dass sie auch in Whisperworld eine wunderbare Familie hatte.
„Weg mit traurigen Gedanken, Coco. Freu dich lieber über die tierisch guten Begegnungen, die du heute hattest.

Keine schlechte Ausbeute für den ersten Morgen auf dem Fluss." Doktor Noa legte Coco sanft die Hand auf die Schulter und wuschelte ihr dann liebevoll durchs Haar. „So, und jetzt lasse ich dir wieder deine Ruhe."

Nach den Vögeln waren es nun die Affen, Makaken mit ihren roten Gesichtern und Gibbons, die Coco unterhielten. Verspielt wie kleine Kinder hüpften sie zwischen den Bäumen hin und her oder schwangen an Lianen am Flussufer. Beobachtet von zahlreichen ulkigen Nasenaffen, die in den Wipfeln entspannt ihr Frühstück verdrückten.

Coco rutschte näher an die Reling, um auch das Treiben im Fluss beobachten zu können.

Am Ufer stapfte gerade eine Herde Zwergelefanten durch das Schilf. Coco kicherte. Es war einfach zu niedlich, wie sich die Elefanten gegenseitig bespritzten.

„Guten Morgen." Enisa war an Deck aufgetaucht und hockte sich neben Coco. „Hast du schon viel beobachten können?"

Coco nickte. „Das war einer der schönsten Morgen, die ich bisher in Whisperworld erlebt habe."

Enisa zuckte mit den Schultern. „Den habe ich dann

wohl verpasst, aber ich war so müde. Vielleicht hab ich ja morgen auch Glück."

„Habt ihr beiden Lust, mit mir Trinkwasser zu besorgen?" Silvester war zu den Mädchen getreten und beschattete sein Gesicht mit einer Hand. „Wir wollten Madu nicht zu sehr beladen und ein Stückchen weiter vorn ist eine Quelle mit Frischwasser. Wir können das Beiboot nehmen. Na, wie sieht es aus?"

„Natürlich!" Coco war schon aufgesprungen. „Ich hole nur schnell meinen Hut, die Sonne brutzelt ganz schön."

„Ich bin auch gern dabei." Enisa lächelte. „Dann hat es sich doch noch gelohnt, dass ich früher aufgestanden bin als die anderen."

Keine fünf Minuten später saßen Coco und Enisa mit Silvester in einem kleinen Motorboot, mit dem sie in einen schmalen Seitenarm des Krokodilflusses fahren konnten. Hier hätte die *Humboldt* niemals durchgepasst. Baumstämme, gigantisch hoch wie Kirchtürme, ließen kaum Sonnenlicht durch und erzeugten eine mystisch grüne Stimmung, Lianen baumelten wie die Haare von Rapunzel ins Wasser, Äste hingen in Kopfhöhe über dem Boot.

„Vorsicht, nicht bewegen“, mahnte Silvester. „Direkt über uns liegt ein Python.“ Eilig steuerte er das Boot im großen Bogen um die Schlange herum. „Seht ihr die Silberreiher am Ufer? Sie lassen sich durch uns kein bisschen stören.“
Fünf große Kanister mit Wasser füllten Coco, Enisa und Silvester und schleppten sie von der Quelle nahe am Ufer auf das Boot. Dabei begegneten sie gut getarnten Schlangen, bunten Fröschen und Tapiren, die genau wie die Silberreiher jedoch kaum Notiz von den dreien nahmen.
„Und jetzt freue ich mich auf ein ordentliches Frühstück.“ Mit einer kräftigen Bewegung ließ Silvester den Motor an und steuerte das Boot geschickt durch den Seitenarm zurück auf den Krokodilfluss, der an diesem Morgen ruhig und träge war.
An Bord der *Humboldt* entdeckte Coco Mohit, der ihnen mit beiden Armen zuwinkte. „Hallo“, rief Coco, „wir kommen!“
„Ich glaube, sie warten schon auf uns“, meinte Enisa.
„Dann sollten wir uns beeilen“, gab Silvester zurück.
„Haltet euch gut fest, denn …“
In diesem Moment bekam das Boot einen heftigen Stoß

von rechts, sodass Coco und Enisa von den Sitzbänken auf die Planken fielen. Silvester schaffte es gerade noch, sein Gleichgewicht zu halten.
„Verdammt, was war das?", knurrte er und spähte ins Wasser.
Da kam der nächste Stoß, diesmal von links.
Coco fiel unsanft auf ihre Knie und schlug sich den Kopf an der Sitzbank an. Blutstropfen perlten aus einer Platzwunde an ihrer Stirn, doch das bemerkte Coco gar nicht. Genau wie Enisa war sie in heller Panik, dass das Boot sinken könnte.
„Das sind Alligatoren." Silvester drehte den Kopf von rechts nach links. Zwei kräftige Körper mit rundlicher Schnauze pflügten wie schwarze Schatten durchs Wasser. „Sieht nach Mississippi-Alligatoren aus, wo kommen die denn her? Die können bis zu sechs Meter lang und verdammt schwer werden." Silvester erhob sich im Boot, stellte die Beine auseinander, um einen festen Halt zu haben, und brüllte den Reptilien zu: „Was wollt ihr? Wir sind Tierflüsterer, wir gehören zu Doktor Noa, kapiert ihr das nicht? Wir sind keine Feinde!"
Doch entweder hatten die Alligatoren nicht verstanden,

was Silvester gerufen hatte, oder sie wollten es nicht verstehen. Von beiden Seiten rammten sie nun beinahe zeitgleich das Boot, Silvester konnte sich gerade noch setzen, sonst wäre er ins Wasser geschleudert worden.

„Hilfe!“, rief Enisa. „Mohit, Doktor Noa, wir werden angegriffen!“ Sie ruderte mit den Armen, damit die Mannschaft auf der *Humboldt* ihre Not bemerkte.

Coco dagegen kauerte weiter auf dem Boden und hielt sich die Hände vors Gesicht. Sie wusste, dass Alligatoren unfassbar schwer werden konnten. Eine Kraft, die ihr Boot zermalmen würde.

„Atmen“, sagte sie sich immer wieder leise, „ruhig atmen. Das hier ist bald vorbei.“ Doch ein Blick in Silvesters Gesicht ließ sie daran zweifeln, so blass und angespannt hatte sie ihn noch nie gesehen.

Diesmal war die geballte Kraft des Angriffs enorm. Gischt spritzte ins Boot und klatschte mit einem gewaltigen Schwall auf die beiden Mädchen.

„Jetzt reicht es!“ Silvester packte eins der Ersatzruder und donnerte es mit voller Wucht auf den Kopf eines der Alligatoren.

Wütend öffnete das Reptil sein Maul mit den scharfen

Zähnen, packte das Ruder und zog es mit einer enormen Kraft in die Tiefe. Gleichzeitig versuchte der zweite Alligator, mit einer schnellen Bewegung ins Boot zu gelangen, was Silvester mit dem zweiten Ruder, das er eilig gepackt hatte, gerade noch verhindern konnte.
Coco war schlecht. Sie hatte das Gefühl, sich gleich übergeben zu müssen, ihr leerer Magen rebellierte, ihre Arme und Beine zitterten unkontrolliert. Deshalb hörte sie auch nicht, wie das braungrüne Wasser des Krokodilflusses mit einem Mal zu brodeln begann.
Rund um das Boot hatten sich mindestens ein Dutzend Flusspferde versammelt, die sich den beiden Alligatoren entgegenstellten, um das Boot zu schützen.
„Kanuba, Katalu und ihre Freunde!", rief Silvester. „Das sieht schlecht aus für die dreisten Alligatoren."
Erst als Enisa Cocos Hand nahm und sie sanft nach oben zog, traute sich Coco aus ihrem Versteck. Gemeinsam nahmen sie vorsichtig Platz auf einer der Sitzbänke.
Coco lächelte Enisa dankbar an. Mit klopfendem Herzen beobachteten die beiden Mädchen nun, wie die Flusspferde die Alligatoren umringten und sie in die Mangel nahmen. Mehrmals drehten sich die Alligatoren um die eigene

Achse, überschlugen sich im Wasser, bis sie vor den wilden Flusspferden die Flucht ergriffen. Immer wieder spritzte bei dem heftigen Kampf ein Schwall brauner Brühe auf das Boot. Die Kleider von Coco, Enisa und Silvester waren mittlerweile völlig durchnässt.
Coco zitterte immer noch, als die Alligatoren längst verschwunden waren. Angespannt knetete sie ihre Hände.
Enisa holte tief Luft. „Was ist los in Whisperworld, Silvester? Es gibt so viele Tiere, die freundlich zu uns Tierflüsterern sind. Eigentlich die meisten. Aber dann gibt es eben auch andere …“
Silvesters Blick war in die Ferne gerichtet, während er das Beiboot nun wieder ruhig zur *Humboldt* steuerte. „Ich weiß es nicht, aber wir sollten darüber heute Abend noch mal mit allen sprechen. Erinnert ihr euch an die Post der Wandertauben, als wir in der Wüste waren? Damals hatte Poppy uns geschrieben, dass Eko angegriffen wurde. Von Menschen! Ich mache mir solche Vorwürfe, dass mir damals die Karte von Whisperworld aus dem Zelt geklaut wurde. Vielleicht hat sie doch jemand kopiert und dringt nun immer weiter in unser Paradies ein.“
Enisa schüttelte den Kopf. „Das ist nicht deine Schuld,

Silvester. Die Typen, die im Gebirge Tebuktin nach Diamanten geschürft haben, müssen schon weit vor dem Verlust der Karte dort gewesen sein."

„Enisa hat recht", erklärte Coco. „Auch der Kerl, der meinen kleinen Freund Adin, Enisas Junges, rauben wollte, kann die Karte nicht gehabt haben."

„Es scheint doch eher so zu sein, dass wir nicht mehr allein sind in Whisperworld. Also, wir Menschen, meine ich." Enisas Augen waren dunkel vor Furcht. „Ich verstehe nicht, dass jemand dieses friedliche Zusammenleben von Menschen und Tieren zerstören will."

„Ich verstehe es auch nicht", gab Silvester zu. „Aber wir werden herausfinden, um wen es sich dabei handelt und was sie vorhaben. Und dabei, das ist die gute Nachricht, werden wir von den meisten Wesen in Whisperworld unterstützt." Er grinste breit. „Und jetzt lasst uns schnell zurück aufs Schiff klettern!"

Kapitel 6

Gewitterstürme

Wie Doktor Noa ihn so schnell gerufen hatte, wusste Paul nicht. Aber schon am nächsten Morgen tauchte Havur neben dem Schiff auf. Noch nie in seinem Leben hatte Paul einen derart großen Hai gesehen. Er sollte für Schutz sorgen während der weiteren Reise ins Nachtblaue Meer. Am Abend zuvor hatten Doktor Noa, Silvester, Poppy und die Mädchen und Jungen lange darüber gesprochen, dass sich manche Tiere merkwürdig verhielten. Ob das im Zusammenhang mit den Eindringlingen stand, wusste keiner so genau. Auf jeden Fall aber hatte Doktor Noa alle um mehr Wachsamkeit als bisher gebeten. Whisperworld war ganz eindeutig in Gefahr!

Wie gut, dass Havur jetzt bei ihnen war. Natürlich hatte Paul schon einige Fakten über diese riesigen Fische gelesen, aber einen zu sehen und zu erleben, war eine ganz andere Geschichte. Hier im Wasser neben dem Solarsegler schwamm nun ein echter Weißer Hai und immer wieder

setzte sich Doktor Noa an die Reling, um sich mit ihm zu unterhalten. Als sich die anderen Mädchen und Jungen unter Deck zum Kartenspielen zurückgezogen hatten, fasste sich Paul ein Herz und schlenderte zu Doktor Noa.
„Ist es okay, wenn ich mich dazuhocke?" Verlegen nahm Paul seine Strickmütze ab, die er auf Deck ständig trug, und knetete sie zwischen den Händen. „Ich würde gern … also, ich …"
Stumm klopfte Doktor Noa auf den Boden neben sich und Paul ließ sich im Schneidersitz nieder.
Eine Weile schwiegen die beiden, hingen ihren Gedanken nach und betrachteten immer wieder die große Rückenflosse von Havur, der ruhig neben dem Segelschiff herglitt.
„Havur hat mir berichtet, dass sich noch mehr aggressive Alligatoren im Krokodilfluss herumtreiben", meinte Doktor Noa nach einer Weile. Sie seufzte. „Wir müssen wirklich vorsichtig sein, man kann nie wissen, wo sie herumlungern. Und auf keinen Fall darf jemand von euch im Fluss baden. Ich verstehe das einfach nicht, Whisperworld ist sonst so friedlich, wer hat die armen Tiere nur aufgehetzt?"

Paul wusste nicht, was er sagen sollte. „Gut, dass Havur jetzt bei uns ist."

„Ja, wir haben nichts zu befürchten. Weiße Haie sind perfekte Räuber und können große Distanzen locker zurücklegen, mit einer Geschwindigkeit von bis zu sechzig Kilometern pro Stunde. Wir Menschen sind als Futter zum Glück ziemlich uninteressant, wir haben zu wenig Nährgehalt. Da sind Seehunde, Robben und Seelöwen für Weiße Haie schon schmackhafter."

„Aber immer wieder werden Surfer und Taucher …", begann Paul, doch Doktor Noa schüttelte den Kopf.

„Wenn es Angriffe gibt, dann nur, weil der optische Umriss von Menschen dem einer Robbe gleicht."

„Na ja, ein Biss reicht manchmal fürs Sterben", gab Paul zurück.

Doktor Noa drehte sich zu Paul um. „Du hast recht, Paul. Aber trotzdem dürfen wir nicht vergessen, dass der Mensch für den Weißen Hai eigentlich keine Beute ist. Deshalb haben wir nicht das Recht, dieses Tier zu jagen oder gar auszurotten."

„Ja, das sehe ich auch so. Ich … ich habe das Flüstern der Haie gehört", murmelte Paul leise.

Doktor Noa lächelte. „Ich weiß. Havur hat es mir schon berichtet. Es war Akula, ein Schwarzspitzen-Riffhai, der dich gerufen hat.“ Sie sah Paul respektvoll an. „Du sollst Tierflüsterer der Schwarzspitzen-Riffhaie werden.“

„Wirklich?“ Paul schluckte. Sein Mund war plötzlich staubtrocken, sein Puls wummerte wie verrückt.

„Ich weiß, dass du dir Sorgen gemacht hast wegen Chuck, aber das war unbegründet.“ Doktor Noa lächelte. „Ich wusste vom ersten Tag an, dass du Tierflüsterer einer Haiart werden sollst. Frag mich nicht, warum. Es war einfach so ein Gefühl. Der … entschuldige bitte, wenn ich das jetzt so ehrlich sage … verwöhnte Junge aus gutem Haus, der sich alles kaufen, alles haben kann. Aber“, sie hielt inne und sah ihn eindringlich an, „darauf hast du dich nicht ausgeruht. Du hast gearbeitet, du hast Bücher gewälzt, dir Wissen über den Dschungel, die Wüste, das Meer angeeignet. Du verlässt dich nicht auf deine Herkunft, sondern arbeitest für das, was du erreichen möchtest. Akula und seine Freunde brauchen jemanden wie dich.“ Sie legte ihre Hand auf Pauls Schulter. „Sobald wir auf der Schildkröteninsel sind und Vollmond ist, werden wir die Zeremonie durchführen.“

Zu gern hätte Paul noch weiter mit Doktor Noa geredet, er hatte noch viele Fragen. Aber in den letzten Minuten hatte sich der Himmel rasant verdunkelt, ein Sturm kam auf, schwarze Wolken ballten sich am Himmel und innerhalb von Sekunden pladderte ein kräftiger Regenguss aufs Schiff.

„Wir müssen das Segel einholen", rief Doktor Noa. „Sag unter Deck Bescheid. Das muss jetzt schnell gehen."

Paul eilte zu den Kajüten von Silvester, Lady Poppy und Max, dann weiter zu den Schlafräumen der Mädchen und Jungen. Sie schauten ihn mit großen Augen an, als er plötzlich durch die Tür stürmte.

„Alle mal herhören, ein Gewitter und ein Wahnsinnssturm ziehen auf. Doktor Noa braucht unsere Hilfe. Rettungswesten und Sicherheitsgurte nicht vergessen und einhaken", erklärte er knapp und klar und in einem Ton, der keinen Widerspruch duldete.

Tatsächlich packten Amy, Coco, Chuck, Enisa und Mohit ohne jede Nachfrage ihre Regenjacken und stürmten nach oben. Auch Paul schnappte sich schnell einen Anorak und folgte. Vor lauter Eile vergaß er dann aber genau das, was er den anderen Mädchen und Jungen gerade gesagt hatte,

nämlich sich mit seinem Gurt einzupicken, sondern lief sofort zu Doktor Noa, um ihr zur Hand zu gehen.
Der Krokodilfluss sah jetzt völlig anders aus als noch vor wenigen Minuten. Das Wasser war aufgewühlt, eine zischende, wogende und kreiselnde Masse, die vom Ufer weggespülte abgestorbene Baumstämme mit sich zog. Riesige schwarze Wolken hingen am Himmel und schluckten jedes Licht. Der Sturm nahm bedrohlich an Stärke zu.
„Das Segel“, rief Doktor Noa in das Jaulen des Windes.
In Sekundenschnelle spulten Paul und die anderen alles Wissen rund ums Segeln ab, das Lady Poppy ihnen beigebracht hatte. Hastig wurde das Segel eingeholt, alle packten mit an.
„Die Hauptgefahr geht von den Wellen aus, die bald übers Deck rauschen werden. Wir sollten alles sichern!“, brüllte Lady Poppy in den Sturm hinein. „Zwei von euch müssen unter Deck, um auch dort alles sturmfest zu stauen.“
„Ich!“ Mohit meldete sich als Erster.
Ein kurzer Blick genügte, dass Paul genau sehen konnte, wie Mohits Gesichtsfarbe innerhalb von Sekunden zu Grün gewechselt war.

„Mohit ist so ein Weichei", brummte Chuck laut, während er den Deckel einer Kiste schloss. „War doch klar, dass dem wieder kotzübel wird. Und wir andern können hier schuften."

Max blickte Chuck wütend an. „Jetzt halt dich mal mit deiner Motzerei zurück! Wir sind ein Team, verstehst du das immer noch nicht? Mohit hat nicht gesagt, dass er sich ins Bett legen will, sondern dass er unter Deck weiterarbeitet. Das ist genauso wichtig wie die Jobs hier oben."

„Coco und ich helfen Mohit", rief Amy. „Unten steht noch das ganze Zeug vom Frühstück. Falls es noch steht. Ist das okay für euch?"

Alle nickten und Paul beobachtete, wie Amy Mohits Hand packte und ihn unter Deck zog, Coco folgte den beiden. Inzwischen war das Schiff gesichert, aber der Sturm peitschte erbarmungslos eiskalte Regentropfen in die Gesichter von Paul, Chuck, Enisa und den Erwachsenen. Der Schiffsboden war so glitschig, dass man sich permanent irgendwo festhalten musste, um nicht von Bord geschwappt zu werden.

Ein zunächst entferntes Wetterleuchten setzte ein. Kurze

Zeit später knallten Donnerschläge wie Kanonen über den Fluss, im Sekundentakt leuchteten heftige Blitze über den tropischen Bäumen. Der Sturm tobte so heftig, dass sich immer höhere Wellen auf dem Krokodilfluss türmten.
„Verschwindet unter Deck!“, rief Max Paul, Enisa und Chuck zu, die sich irgendwo panisch festhielten.
Als ein besonders heller Blitz am Himmel zuckte, schrie Enisa auf. Mit vor Furcht weit aufgerissenen Augen wollte sie zur Treppe stürzen, die unter Deck führte, verfehlte sie jedoch, als das Schiff eine unkontrollierte Bewegung machte, und wurde gegen die Reling geschleudert.
„Hilfe!“, kreischte sie in Panik und klammerte sich an ihren Rettungsgurt.
Paul, der am nächsten stand, überlegte nicht lange, sondern warf sich mit seinem Körper auf Enisa und schob sie Richtung Bootsmitte, wo Chuck ihre Hand packte und Enisa zu sich zog. Sofort streckte er Paul seine andere Hand entgegen. „Komm her, Paul, ich halte dich!“
Als Paul merkte, dass Enisa in Sicherheit war, wollte er in die Hocke gehen und langsam nach Chucks ausgestreckter Hand greifen, doch ein plötzlicher Windstoß katapultierte ihn nach hinten.

„Autsch. Shit!" Paul donnerte heftig an die Metallseile der Reling und krümmte sich vor Schmerz.
Und in diesem Moment fiel es ihm ein: Verdammt! Er hatte seinen Sicherheitsgurt nicht fachgerecht eingehakt, er hatte eine der wichtigsten Regeln an Bord missachtet!
Erneut schlingerte das Schiff, hob sich in den Wellen, buckelte wie ein junges Pferd und schleuderte dann alles, was nicht fest verzurrt war, von Bord.
Wie in einem Film rauschten die nächsten Sekundenbruchteile an Paul vorbei: Einen Moment hielt ihn die kniehohe Reling noch auf, doch mit einem erneuten Aufbäumen des Schiffes wurde er über Bord geschleudert. Sein Sicherheitsgurt flatterte kurz im Wind, dann versank Paul in den tosenden braunen Fluten des Krokodilflusses.

Kapitel 7

Unter Haien

Für einen Moment waren da nur Wasser und Kälte. Dann spürte Paul herumwirbelnde Pflanzenteile, die sich in seinen Haaren verfingen oder um seinen Hals legten. Wellen schlugen ihm ins Gesicht, schäumende Gischt drang in seine Ohren. Ein Schwall Wasser schwappte ihm in den Mund, als er kurz Luft holen wollte. Paul röchelte, versuchte auszuspucken, schluckte, hustete, hätte sich am liebsten übergeben, aber dazu fehlte ihm die Kraft.

Ruhig bleiben, dachte er, denn so hatte er es in seinen Survival-Büchern gelesen. Und was noch? Er konnte sich an keinen weiteren Tipp, eigentlich an gar nichts mehr erinnern. Er war allein in diesem verdammten Fluss, es stürmte und regnete … wie sollte man da ruhig bleiben? Stattdessen ruderte Paul nun wie wild mit den Armen und Beinen, um immer wieder an die Oberfläche zu kommen, den Kopf zu heben und Luft einsaugen zu können. Doch seine Hände griffen ins Leere, Halt gab es keinen.

Panik übermannte ihn.
Ich muss atmen, sagte er sich in Gedanken, *ich muss an der Oberfläche bleiben, ich darf nicht untergehen.*
Doch er konnte nichts dagegen tun, dass sich seine Kleidung in Sekundenschnelle mit Wasser vollsog, an ihm zerrte, dass ihn der Krokodilfluss mit seinen dunklen Fingern in die Tiefe zog.
„Paul! Wir retten dich, halte durch!"
Paul hörte nicht die panischen Schreie von Enisa und Mohit, die sofort an Deck geeilt waren und ihn im Fluss treiben sahen, er bemerkte den Rettungsring nicht, den ihm Silvester zuwarf. Paul kämpfte gegen die Gewalt der Natur, der er nichts entgegenzusetzen hatte.
Fieberhaft versuchte er, jeweils mit dem anderen Fuß seine Schuhe, die ihm wie tonnenschwere Gewichte vorkamen, von den Füßen zu kicken und sich gleichzeitig mit kraftlosen Schwimmbewegungen über Wasser zu halten. Eine ungeheure Anstrengung, die misslang.
„Paul!", brüllte Enisa und bohrte ihre scharfen Fingernägel in Mohits Oberarm.
„Wir müssen was tun!" Mohit biss sich verzweifelt auf die Unterlippe.

Doch davon bekam Paul nichts mit.
Er sank tiefer und tiefer in das Braungrün des Flusses. Das Wasser schob sich über ihn, dunkle Punkte bildeten sich vor seinen Augen und Pauls Lunge schien zu platzen.
Alles wurde schwarz.
Die Dunkelheit umhüllte Paul wie eine weiche Decke.
Auf einmal war ihm leicht, ganz leicht.
Er konnte endlich loslassen, musste nicht mehr strampeln und kämpfen und sich anstrengen, er fühlte sich völlig frei und schwerelos.
Dann verlor er das Bewusstsein.
Als Paul wieder zu sich kam, schien er zu schweben.
Über ihm leuchtete das Blau des Himmels, unter ihm … ja, was war unter ihm? Feuchte, pochende Körper. Lebte er noch oder war er tot? In einer anderen Welt vielleicht?
Paul warf einen Blick zur Seite und erkannte eine Rückenflosse, die in einer schwarzen Spitze endete. Er drehte den Kopf zur anderen Seite. Das gleiche Bild.
„*WirediPau*", hörte er eine dunkle, warme Stimme.
„*Pauhöduuflü?*"
Paul verstand nicht, was die Haie ihm sagen wollten. Er konnte seine Gedanken nicht sammeln, er war zu schwach.

Aber so viel verstand er: Er lebte! Und wurde gerade von einem Schwarzspitzen-Riffhai getragen. Paul hing über dessen Körper, sodass er nur leicht im Wasser dümpelte. Er hob den Kopf ein Stück in die Höhe, sah sich um und holte tief Luft. Endlich wieder Luft.

Er war von Haien umgeben! Dutzende Schwanzflossen schoben sich durch das Wasser des Krokodilflusses, der inzwischen wieder glatt und ruhig unter einem strahlend blauen Himmel lag. Das Unwetter war vorbei.

„*Pauhöduuflü?*", hörte er wieder die Stimme.

Paul schloss die Augen und konzentrierte sich, bis er ruhig und regelmäßig atmete.

Und endlich wusste er es!

Paul! Hörst du unser Flüstern?

In Pauls Kopf drehte sich alles, so benommen war er, gleichzeitig aber wach und glücklich.

„Ja, ich höre euch", antwortete er leise und streichelte den Körper unter sich.

„Paul, nimm das Seil!" Woher kam die Stimme?

Als er nach oben blickte, baumelte ein Strick mit einer Schlaufe über ihm, durch die er seinen Oberkörper leicht hindurchschieben und sich festhalten konnte.

Mithilfe seiner Freunde schaffte es Paul.
„Du kriegst das hin, Paul", rief Silvester. „Häng dich ein. Ich ziehe jetzt. Eins, zwei … drei!"
Für einen Moment baumelte Paul hilflos zwischen dem Fluss und dem Segelboot. Sein Herz pochte wie eine Trommel.
Unter ihm kreisten mindestens zwanzig Schwarzspitzen-Riffhaie, dazu Havur, der gigantische Weiße Hai. Es sah aus wie ein Ballett, ein Tanz, den sie im Wasser aufführten.
„Willkommen an Bord, Junge." Silvester packte Paul bei den Schultern und drückte ihn fest an sich. „Verdammt! Das war knapp …"
„Paul, ich bin so froh, dass du gesund und munter bist." Lady Poppy tupfte sich ein paar Tränen aus dem Gesicht. „Sorry, ich hab irgendwas in die Augen gekriegt, ist gleich wieder vorbei." Glücklich wuschelte sie Paul durchs blonde, völlig durchnässte Haar und drückte einen Kuss auf seinen Scheitel. „Das musste jetzt mal sein."
Doktor Noa reichte Paul beide Hände. „Gut, dass du wieder da bist, Haiflüsterer."
Paul nickte kurz. Dankbar zog er die Decke eng an sich, die Amy um seine Schultern gelegt hatte. Coco, Enisa

und Mohit umarmten ihn kurz, aber heftig. Nur Chuck stand mit den Händen in den Hosentaschen auf Deck, sah immer wieder zum Krokodilfluss hinunter und grinste schief.

„Sind so coole Tiere", murmelte er. „Haste voll Glück gehabt!"

Paul wusste, dass er damit nicht unbedingt seine Rettung, sondern vor allem die Tatsache meinte, dass Paul der Tierflüsterer der Haie werden sollte. Denn jetzt gab es daran keinen Zweifel mehr. Alle an Bord hatten die Szenen im Wasser beobachtet, hatten um Paul gebibbert und ungläubig zugesehen, wie ihn die Haie aus dem Wasser gehoben und zwischen ihren mächtigen Leibern transportiert hatten, bis er in Sicherheit war.

Ein unglaubliches Schauspiel!

„Jetzt geht es nach unten, Paul", wies Silvester ihn an und schob ihn vor sich her unter Deck, auf die improvisierte Krankenstation in seiner Kajüte. „Ich muss dich untersuchen, ob alles in Ordnung ist. Und dann brauchst du etwas Warmes zu trinken, damit du wieder fit wirst."

Ohne Widerworte ließ Paul sich von Silvester unter Deck bringen.

Nachdem Silvester den erschöpften Paul untersucht hatte, gab er ihm eine Aufbauspritze und brachte ihn dann vorsichtig in sein Bett.
Paul merkte von alldem nichts mehr.
Er träumte.
Vom weiten, endlosen Ozean, in dem er mit seinen Haien schwamm und tauchte und einfach nur glücklich war.

Chroniken von Whisperworld

Aufzeichnungen von Alexander Noa

An der Blauen Lagune, Mai 1894

Das Land ist weitaus größer als erwartet. Während der Expedition sind der weiße Löwe Karl und Kingston, der Karolinasittich, immer an meiner Seite. Ich habe für uns ein Boot aus Bambus und Lianen gebaut. Sogar eine Art Kajüte haben wir errichtet. So sind Karl, Kingston und ich nicht allen Wetterlagen schutzlos ausgeliefert.

Das Vertrauen der Tiere und unser intensives Zusammensein an diesem verzauberten Ort rührt mich jeden Tag und entschädigt mich etwas dafür, dass ich meine Familie für diese Expedition in der Heimat zurücklassen musste. Unsere Kinder sind noch zu klein und unbeholfen, aber bald werden meine

Frau Myra und ich sie hierherführen. Es ist mein sehnlichster Wunsch, dass sie erleben, wie Mensch und Tier friedlich koexistieren können.

Mit meinem Boot möchte ich eine Reise antreten. Hinter dem Dschungel bin ich auf einen großen, breiten Fluss gestoßen und ich möchte herausfinden, wohin mich dieser Fluss führt. Aufgrund der zahlreichen Reptilien habe ich ihm den Namen Krokodilfluss gegeben.

Die Reise auf dem Fluss war nicht ohne Strapazen, doch sie hat sich gelohnt. Heute, am achten Tag unserer Expedition in unbekanntem Gebiet, unknown territory, sind wir auf eine Insel gestoßen. Endlich wieder Land! Umgeben vom klarsten türkisgrünen Wasser, das ich jemals gesehen habe. Ich nenne sie die Schildkröteninsel …

Kapitel 8

Auf der Schildkröteninsel

Das Erste, was Amy vom Nachtblauen Meer sah, war das unglaubliche Türkis des Wassers. So strahlend, klar und durchsichtig hatte sie sich den Ozean nicht vorgestellt.
„Oh. My. God! Das ist einfach nur wunderschön“, murmelte sie. „Wer ist bloß auf den Namen *Nachtblaues Meer* gekommen?“
Coco nickte. „Türkisblaues Meer wäre besser.“
„Ich glaube, das ist nur dort, wo es seicht ist“, gab Enisa zu bedenken. „An den Stellen, wo es wirklich tief ist, sieht das Wasser bestimmt eher nachtblau aus.“
„So ist es, Enisa“, keckerte Lola, die auf der Reling saß und von einem Bein aufs andere hüpfte.
Amy, Coco, Chuck, Enisa, Mohit und Paul und einige Lehrer hatten sich am Bug des Segelschiffes versammelt und beobachteten, wie sich das Meer vor ihnen öffnete. Ein unendlicher blauer Himmel spannte sich über der *Humboldt*, dazu das türkisfarbene Wasser und der bunte

Karolinasittich, der wie eine Galionsfigur auf der Reling thronte …

Während die *Humboldt* langsam aus dem Delta des Krokodilflusses segelte, schwappten neben ihr die letzten braungrünen Wellen des Dschungelstroms und vermischten sich mit dem klaren Wasser zu einem endlos weiten, spiegelglatten Meer. Nur ein leichtes Meeresrauschen war zu hören und die Geräusche, die das Segel und die Takelage verursachten. Plötzlich ertönten seltsame Pfiffe, ein Schnarren, Klatschen und Fiepen. Sekundenbruchteile später sprangen Dutzende von Delfinen mit dunkelgrau gefärbtem Rücken und hellem Bauch vor und neben dem Schiff her, als wollten sie es eskortieren. Die Tiere hatten eine kurze, stumpfe Schnauze und schienen den Menschen auf dem Boot dauerhaft zuzulächeln.

„Delfine!“ Amy jubelte. „Oh Mann, diese Fische liebe ich so sehr!“

„Delfine sind keine Fische, Amy“, stellte Doktor Noa fest, die sich jetzt ebenfalls an die Reling gestellt hatte und ins Wasser blickte. „Sie gehören zur Familie der Wale und sind Säugetiere. Sie halten sich meistens in der Nähe der

Wasseroberfläche auf, damit sie Luft zum Atmen holen können."

„Diese hier sind Große Tümmler", fuhr Lady Poppy fort, die sich gemütlich am Bug niedergelassen hatte und die Akrobatik der Tiere bewunderte. „Sie sind beinahe überall auf der Welt anzutreffen und nicht gefährdet. Aber seht ihr die kleinen grauschwarzen Delfine, die hinter den Tümmlern springen?" Sie deutete auf eine Gruppe verspielter Tiere, die erstaunlich hohe Sprünge ablieferten. „Das sind Maui-Delfine, die seltensten und kleinsten Delfine der Welt. Doc und ich sind wahnsinnig froh, dass sich eine Gruppe von ihnen in Whisperworld wohlfühlt, sie stehen nämlich kurz vor der Ausrottung."

„Wie bitte? Etwa auch wegen schwindendem Lebensraum?" Amy verschränkte die Arme.

„Leider landen etliche der Maui-Delfine als Beifang in Fischernetzen, aber auch Speedboote bedrohen die Tiere, die sich gern in Küstennähe aufhalten", erklärte Doktor Noa. „Mein Vater hat ihre Bedrohung schon vor einigen Jahren erkannt und etliche Tiere hierher nach Whisperworld gebracht. Natürlich haben sie ihre Zustimmung gegeben."

Lady Poppy legte den Arm um die Schulter ihrer Cousine. „Eleonors Vorfahren haben auf Expeditionen weite Teile Whisperworlds erkundet. Durch sie wissen wir, dass das Land der Tierflüsterer praktisch die Welt im Kleinen ist. Es umfasst alle Landschaftsformen: Wüste, Steppe, Eisland, unterschiedliche Ozeane und vieles mehr. Und genau wie sein Großvater brachte auch der Vater von Doktor Noa immer wieder eine vom Aussterben bedrohte Art mit nach Whisperworld."

Doktor Noa lächelte. „Aber unsere Arbeit ist noch lange nicht zu Ende."

„Glücklicherweise engagieren sich einige ehemalige Schüler von uns für die Schaffung von Meeresschutzgebieten in verschiedenen Ländern, damit Delfine, auch die Mauis, überleben können", ergänzte Lady Poppy.

„Das sin aber viele." Chuck konnte gar nicht aufhören zu zählen, während die Delfine immer wieder nacheinander aus dem Wasser sprangen, durch die Luft segelten und elegant wieder eintauchten. „Mit denen würd ich gern schwimmen."

„Das könnt ihr sicher noch versuchen. Wir haben genug Zeit bei unserer Expedition im Nachtblauen Meer. Die

Frage ist nur, ob die Delfine auch mit euch schwimmen möchten." Lady Poppy zwinkerte Chuck zu. „Delfine schwimmen nicht mit jedem! Sie sind sehr intelligent und suchen sich ihre Freunde gern selber aus."

Chuck runzelte die Stirn.

„Land in Sicht!", rief Amy aufgeregt, beschattete ihre Augen mit der Hand und sah in die Ferne. „Da vorne ist was. Eine Insel oder so."

Lady Poppy nickte anerkennend. „Du hast gute Augen, Amy. Da vorn ist tatsächlich die Schildkröteninsel. Der größte Teil davon ist ein Atoll, auf dem wir unser Quartier aufschlagen werden."

„Ein Atoll?" Chuck nahm die Snapback ab, kratzte sich am Kopf und überlegte. „Was is'n das noch ma?"

Coco wusste Bescheid. „Ein Atoll ist eine ringförmige Erhebung, die aus dem Meer herausragt. In der Mitte des Atolls ist eine Wasserfläche, aber die ist mit dem Meer kaum oder gar nicht mehr verbunden. Die nennt man Lagune."

„Uh, da gab es doch mal so einen coolen Film mit einer Lagune", überlegte Amy. „Oh, jetzt fällt es mir ein: *Blue Lagoon, Rettungslos verliebt.* So romantisch!"

Chuck tippte sich mit dem Zeigefinger an die Stirn. „Auf was für Schnulzen fährst du denn ab?"

Doktor Noa grinste schief. „Du kannst gut Sachen erklären, Coco. Du solltest einen Beruf daraus machen."

„Lehrerin zum Beispiel", feixte Chuck. „Oder Erzieherin oder einfach nur Nervensäge." Er knuffte Coco sachte in die Schulter. „Nich böse sein, okay?"

„Da hätte ich ziemlich viel zu tun, wenn ich dir bei jedem Quatsch, den du redest, böse sein sollte", gab Coco zurück und lachte. Längst hatte sie sich an Chucks kleine Sticheleien gewöhnt.

„Viele Atolle auf der Erde, auch das hier bei der Schildkröteninsel, sind gefährdet", gab Doktor Noa zu bedenken. „Wenn der Meeresspiegel weiter steigt, werden viele Atolle verschwinden."

Mohit seufzte. „Das hört sich nicht gut an. Manchmal habe ich das Gefühl, dass es so viel zu tun gibt, dass man das gar nicht schaffen kann."

Doktor Noa schüttelte den Kopf. „Es gibt Lösungen: Die Korallenbänke an den Riffen könnten vielleicht mit widerstandsfähigeren Korallen erhalten werden."

„Wir müssen unser Wissen verbreiten. Unsere Leute

müssen in die Politik. Die großen Hebel bewegen. Einen Schritt nach dem anderen gehen." Lady Poppy ballte die Fäuste. „Wir schaffen das."

Kurze Zeit später ging die *Humboldt* in unmittelbarer Nähe der Schildkröteninsel vor Anker.

Noch weit vor den anderen hatten Amy und Coco ihre Sachen gepackt. Max ließ das Beiboot zu Wasser, nachdem sie eingestiegen waren.

„Ihr habt es aber eilig!" Er lächelte und deutete auf Paul und Chuck, die auch gerade an Deck kamen. „Beeilt euch. Die anderen nehmen die zweite Fuhre."

Als sie auf der Meeresoberfläche angekommen waren, ließ Max den Außenbordmotor aufheulen. Lola erhob sich kreischend von seiner Schulter und flatterte zur Insel, während die Mädchen und Jungen die Umgebung betrachteten.

„Oh Mann", flüsterte Amy und griff nach Cocos Hand. „Ich habe noch nie in meinem Leben einen so schönen Strand gesehen und ich war schon in echt vielen Ländern."

Auch Coco betrachtete staunend das Ufer, das von etlichen Kokospalmen gesäumt war, die so schräg standen,

dass ihre mächtigen Blätter beinahe ins Wasser hingen. Andere Palmen ein Stück vom Strand entfernt reckten sich kerzengerade wie Zinnsoldaten in den Himmel. Ihre Kronen waren über und über mit Kokosnüssen behangen.
„Weißer Sand, megablaues Meer und dann noch Palmen." Paul rieb sich die Hände. „Ich glaube, ich bin im Paradies!"
„Kokosnüsse kann man doch auch essen und die Milch trinken, oder?" Chuck sah Max abwartend an.
Ohne den Blick von der Pinne im Wasser zu nehmen, lächelte Max. „Ja, das schmeckt köstlich! Vielleicht schaffst du es ja, welche von der Palme runterzuholen."
Inzwischen waren sie am Ufer angelandet. Amy, Coco, Chuck und Paul hatten die Schuhe ausgezogen und fest zusammengeschnürt über ihre Schultern gehängt. Sie sprangen mit ihrem Gepäck auf dem Rücken ins kniehohe Wasser.
„Es ist wunderbar warm", freute sich Coco.
Amy grinste ihre Freunde an, raste zum Ufer, legte ihren Rucksack ab, schleuderte die Schuhe in den Sand und … ließ sich mit allen Klamotten ins Wasser fallen.
„Amy!" Coco prustete vor Lachen.
Chuck und Paul überlegten nicht lange, sondern

machten es Amy nach und balgten sich wenig später in dem karibisch blauen Meer, schwammen um die Wette, strampelten mit den Füßen und bohrten die Zehen tief in den feuchten Sand.

„Yeah!" Paul spritzte Chuck eine Ladung Wasser ins Gesicht, während Max kopfschüttelnd das Boot wendete und zur *Humboldt* schipperte, um die Nächsten zu holen.

„Wir sollten auf Steinfische achten, deren Gift ist echt gefährlich."

„Und die schnarchen hier direkt im Sand?" Chuck versuchte, Paul unterzutunken.

Paul prustete.

„Gibt es die nicht erst ab einer Tiefe von zwei Metern?", fragte Coco.

Paul wurde rot. „Oh, ich glaub, du hast recht."

Chuck lachte laut auf. „Junge, das hier is grade mal 'nen Meter tief. Höchstens. Also entspann dich!"

Amy lag in voller Montur und mit aufgestützten Armen auf dem Bauch im lauwarmen Wasser und sah zum Ufer. Affen hüpften von Palme zu Palme, ein paar Kormorane trockneten ihr Gefieder auf ein paar kahlen Bäumen, daneben putzten Dutzende von bunten Aras ihre Gefieder.

„Das sind …“, Coco blätterte hektisch in einem ihrer Notizbücher, „ich glaube es nicht, das ist einfach unfassbar, das sind Dreifarben-Aras“, rief Coco ihren badenden Freunden zu. „Die gibt es eigentlich schon lange nicht mehr! Außer hier in Whisperworld, wie Doc jetzt bestimmt sagen würde.“ Sie strahlte. „Und hier sind jede Menge Bananenstauden. Hat jemand Lust, etwas zu essen?“

Sofort rannten Amy, Chuck und Paul aus dem Wasser und ließen sich neben Coco in den warmen Sand im Schatten der Bäume plumpsen.

„Das *ist* das Paradies.“ Paul schälte mittlerweile seine zweite Banane. „Genau so wurden die Trauminseln in den vielen Büchern, die ich vor unserem Abflug gelesen habe, beschrieben. Hier bleibe ich.“

„Du immer mit deinen Büchern, Nervzwerg. Die bringen uns jetzt gar nix, wir brauchen nämlich was, mit dem wir Kokosnüsse öffnen können.“ Chuck sah sich um. „Ich habe Durst.“ Er klopfte auf Pauls Kopf. „Ist der hart genug zum Nüsseöffnen?“

Paul hielt sich schützend die Hände über den Kopf. „Untersteh dich!“

„Ich denke, wir müssen warten, bis die anderen da sind.“ Amy rekelte sich im Sand. „Bestimmt hat Silvester Werkzeug, mit dem wir die Kokosnüsse öffnen können.“
„Okay, dann lasst uns mal Vorrat für alle besorgen“, schlug Paul vor.
Schnell hatten die Mädchen und Jungen einen Berg Kokosnüsse im Schatten einiger Palmen zusammengetragen und warteten nun ungeduldig, bis Max mit dem Boot, Mohit, Enisa, Lady Poppy und Silvester zurückkam.
„Helft uns mal bitte mit den Wasserkanistern“, rief Lady Poppy ihnen vom Boot aus zu.
Mit ihren ohnehin schon nassen Klamotten wateten Chuck und Paul einfach hüfttief ins Wasser und schnappten sich Kanister und Rucksäcke.
Als Mohit, Enisa, Lady Poppy und Silvester ausgestiegen waren, schipperte Max erneut zur *Humboldt*, denn noch fehlten Doktor Noa, Carlos, Iggy, Proviant und allerlei Material für den Aufenthalt auf der Schildkröteninsel.
Fast eine Stunde dauerte es, bis Taschen, Rucksäcke, Kisten sowie zwei stabile, aufblasbare Stand-up-Paddle-Boards samt Pumpe und Ruder aufgereiht am Strand lagen. Carlos hatte sich sofort in den Schatten einiger Gummibäume

zurückgezogen, Iggy thronte auf einem Stein und wackelte mit dem Kopf.
„Wie gehts jetzt weiter? Was machen wir als Nächstes?" Chuck schlürfte den letzten Schluck aus seiner Kokosnuss, die Silvester für ihn mit einer Machete geöffnet hatte. Das Buschmesser war so scharf, dass Silvester sich weigerte, es einem der Mädchen oder Jungen zu borgen.
„Damit hackt ihr euch nur ein paar Finger ab", brummte er. „Und um deine Frage zu beantworten, was als Nächstes ansteht: Wir vier", er deutete auf Doktor Noa, Lady Poppy, Max und sich, „wir packen jetzt mal unsere Badesachen aus und lassen es uns gut gehen. Ihr sechs nehmt eure Rucksäcke und etwas Wasser mit und macht euch auf nach Norden. Dort brauchen wir einen passenden Platz für unser Lager auf der Schildkröteninsel. Denn auch wenn wir aus einem anderen Grund zum Nachtblauen Meer gereist sind, können auch hier Lebewesen unsere Hilfe gebrauchen. Und denkt daran … Wasser ist wichtig. Könnte sein, dass ihr ein ungewöhnliches … na, sagen wir mal … Zusammentreffen habt. Benehmt euch wie Tierflüsterer. Eure nächste Prüfung. Viel Spaß!"

Kapitel 9

Außergewöhnliche Begegnungen

Amy kam sich vor wie in dem kitschigen Film, den sie sich vor einiger Zeit angesehen hatte, denn es gab auf der Schildkröteninsel nicht nur Hunderte von exotischen Pflanzen, sondern unweit vom Strand auch eine echte blaue Lagune.

„Hier müssen wir unbedingt baden!", rief Amy ihren Freunden zu. „Wow, das sieht aus wie eine Filmkulisse!"

„So eine Lagune ist typisch für ein Atoll. Aber ich glaube, bevor wir baden, sollten wir zuerst unsere Aufgabe erfüllen." Coco zog ihre Freundin vorsichtig weiter.

„Naaa guuut, Spielverderber!" Amy blieb stehen und ließ enttäuscht ihre Arme hängen.

Coco drehte sich um und streckte ihr die Zunge raus und schon war Amy wieder gut gelaunt und lief hinter Coco her, um ihr durchs Haar zu wuscheln. Am liebsten wäre sie sofort ins Wasser gesprungen, aber Coco hatte natürlich recht.

Vogelschreie und Affengetöse begleiteten sie auf ihrem Weg am Ufer entlang, bunte Geckos huschten an ihnen vorbei.
„Seht mal, da vorn." Paul deutete hinter die Palmen. Dort sah man erneut eine kleine Sandbank und direkt dahinter erkannten die Kinder eine größere Insel. „Jetzt verstehe ich. Hier grenzt direkt noch eine Insel an das Atoll."
„Wenn es irgendwo Trinkwasser oder eine Quelle gibt, dann auf der Insel, aber nicht hier auf dem Atoll."
„Das könnte sein, Mohit." Coco überlegte. „Dann sollten wir uns am besten ansehen, ob wir das Lager dort aufschlagen, oder?"
Neugierig liefen die Mädchen und Jungen im Gänsemarsch zur Insel, die ebenfalls von Schatten spendenden Bäumen bewachsen war. Anders als auf dem flachen Atoll gab es hier eine felsige Anhöhe, davor eine breite Lichtung mit zahlreichen Palmen, die so schräg standen, dass man daran leicht eine Zeltplane als Dach befestigen konnte.
„Bestes Nachtlager ever!" Chuck nickte zufrieden. „Dann lasst uns mal Doc und die anderen Lehrer holen."
„Pssst! Hört ihr das?" Enisa hielt die Hände an die Ohren. „Das könnte eine Quelle sein. Ich glaube, ich sehe mal nach."

„Nicht, Enisa, warte!" Amy hatte eine Bewegung hinter dem nächsten Felsen bemerkt und hielt Enisa am Arm fest. „Da ist etwas."

Dumpfes Knurren, dann ein Zischen und Jaulen waren zu hören.

Die Mädchen und Jungen erstarrten und sahen sich mit weit aufgerissenen Augen an. Sollten sie fliehen? Ruhig bleiben? Schreien?

Für einen Moment herrschte Stille, unterbrochen nur vom Knistern und Rascheln des Laubes an einigen Sträuchern, dem eindeutigen Zeichen, dass sich dahinter jemand oder etwas verbarg.

Aber was?

Mit klopfenden Herzen beobachteten Amy, Coco, Chuck, Enisa, Mohit und Paul, wie in Zeitlupe einige Blätter zwischen den Felsen auseinandergedrückt wurden, dann erschien ein Kopf. Der breite Schädel eines Raubtiers!

Mit einem Riesensatz sprang es aus dem Busch, fauchte bedrohlich und drückte sich in Angriffshaltung auf den Boden, die Muskeln angespannt, das Maul mit den scharfen Reißzähnen weit geöffnet.

„Oh my God!" Langsam machte Amy einen Schritt nach

dem anderen. Und zwar nach hinten. „Das ist ein Leopard, eins der gefährlichsten Raubtiere. Das weiß ja sogar ich!"
„Wenn der Hunger hat, hält er uns wahrscheinlich echt für panierte Schnitzel", murmelte Chuck und knetete seine Snapback. Sein Gesicht war auf einmal weiß wie Schlagsahne, seine Hände zitterten.
„Jetzt bloß keine hastigen Bewegungen", mahnte Mohit. Auch ihm machte der Leopard Angst, gleichzeitig fühlte er sich von dem imposanten Tier angezogen. Sein Bauchgefühl sagte ihm, dass er keine Furcht haben, sondern mit ihm sprechen musste. Blitzschnell erinnerte sich Mohit daran, was ihnen die Lehrer mit auf den Weg gegeben hatten.
Viele der Tierarten oder Wesen in Whisperworld hatten bisher noch gar keinen Kontakt zu uns, die müssen wir erst überzeugen, sich Menschen anzuvertrauen. Tiere können eure Gefühle spüren. Sie merken, wenn ihr euch für sie interessiert und euch um sie bemüht, sie schützt.
Behutsam machte Mohit einen Schritt nach vorn, während die anderen Jungen und Mädchen rückwärtsschlichen.
Er verbeugte sich und ließ sich dann im Schneidersitz in unmittelbarer Nähe des Leoparden nieder.

Amy, Coco, Enisa und Paul sahen gespannt und verunsichert auf ihren Freund.

Chuck tippte sich an die Stirn. „Der hat sie doch nich alle!“

„Hallo, Leopard. Wir kennen uns noch nicht, aber wir sind Tierflüsterer“, begann Mohit. Er bemühte sich, dem Leoparden nicht direkt in die Augen zu sehen, sondern blickte lieber abwechselnd auf dessen zuckende Ohren oder die vibrierenden Schnurrhaare. Außerdem versuchte er, seiner Stimme einen warmen Klang zu geben, seine Mimik freundlich und seine Gesten ruhig zu halten. „Doktor Noa schickt uns. Wir sollten hier nach einem Platz zum Schlafen Ausschau halten. Und ich denke, dass wir auch dich finden sollten. Vielleicht weil du uns auf dieser Insel beschützen wirst?“

Der Leopard schloss sein Maul und jaulte leise.

„Sowaegeda. IbieSansbileo. Möglidetze.“

„Häh? Was hat er gesagt?“, wisperte Chuck.

Mohit zuckte mit den Schultern, auch Amy, Coco und Paul hatten keinen blassen Schimmer.

„So war es gedacht. Ich bin ein Sansibar-Leopard. Möglicherweise der letzte“, erklärte Enisa.

„Enisa, du … du verstehst ihn?“, stammelte Amy ungläubig. Immerhin hatte Enisa erst kürzlich gelernt, die Sprache der Tiere zu deuten.

Das Wüstenmädchen lächelte. „Vielleicht weil er ein Einzelgänger ist. Genau wie ich.“

Langsam erhob sich der Leopard, drehte sich um und verschwand zwischen den Felsen.

„Wie jetzt?“ Chuck kratzte sich am Kopf. „Ich mache mir vor Angst in die Hose und der Leopard redet kurz mit uns und haut dann wieder ab?“

„Ein Sansibar-Leopard, hat er gesagt, möglicherweise der letzte?“ Coco kratzte sich am Kopf. „Aber Doc weiß sicher Bescheid. Sollen wir zu den Lehrern zurück?“

„Gleich.“ Jetzt wagte sich Amy nach vorn und lief zwischen den Felsen hindurch. „Hier ist Wasser! Das hat Enisa vorhin gehört.“ Ihre Stimme klang ein bisschen hohl, als sie, von Felsen verdeckt, rief: „Es ist eine Quelle! Mit Süßwasser. Oh Mann, es schmeckt herrlich.“

Chuck grinste. „Ich komm um vor Durst!“ Dann rannte er Amy hinterher, um von dem frischen Wasser zu trinken.

„Okay, den richtigen Platz haben wir.“ Paul leckte sich die Lippen, als er von der Quelle zurückkam.

„Wir sind entlang der nordöstlichen Seite des Atolls hierhergelaufen, dann gehen wir doch einfach an der südwestlichen Seite zurück. Falls dort noch etwas zu finden ist, finden wir es auch. Und danach kehren wir zu unseren stinkfaulen Lehrern zurück." Amy kicherte. „Das sind glücklicherweise alles keine großen Entfernungen."
Genau wie Amy es vorgeschlagen hatte, lief die Gruppe nun quasi einmal im Kreis zurück zum Platz, an dem sie angekommen war.
Amy hatte die Reißverschlüsse ihrer Hose am Oberschenkel geöffnet, sodass sie statt der langen Hose nun Shorts trug. Coco, Enisa und Mohit machten es ihr nach, um besser durchs Wasser warten zu können. Nur Paul und Chuck, die einander mal wieder in Coolness überbieten wollten, stiefelten mit komplett durchnässten Hosen herum und balgten sich danach im Sand.
„Jetzt seht ihr wirklich aus wie panierte Schnitzel!" Coco lachte. „Passt bloß auf, dass der Leopard nicht doch einen kleinen Snack braucht."
„Boah, da fällt mir ein, dass ich totalen Kohldampf hab", brummte Chuck. „Los, lasst uns zurück zu den andern gehen und vor allem zu den Vorräten."

„Ich würde gerne noch einen Moment hier am Meer sitzen“, sagte Amy. „Irgendwie … keine Ahnung … ist so ein Gefühl.“
Chuck verdrehte die Augen. „Mädchen und ihre Gefühle.“
„Sollen wir auf dich warten?“ Enisa sah die Freundin aufmerksam an.
Amy schüttelte zwar den Kopf, aber Enisa und Coco blieben trotzdem in der Nähe, setzten sich unter eine große Palme und dösten mit geschlossenen Augen.
Unschlüssig stapfte Amy ein bisschen im kniehohen, lauwarmen Wasser auf und ab, bis sie auf einmal etwas an ihrer Wade spürte. Einen sanften Druck, ein kurzes Ruckeln. Als sie ins Wasser sah, begann ihr Herz zu klopfen. Eine mächtige Meeresschildkröte zog genau vor Amy ihre Kreise, etliche weitere schwammen ein Stück weit entfernt, aber völlig ohne Scheu in Amys Nähe.
„Wie schön!“ Amy wagte kaum zu atmen, geschweige denn sich zu bewegen. „Bitte, bitte schwimmt nicht weg. Wartet, ich komme zu euch.“
Eilig schlüpfte sie aus ihrem Hemd und ging nur mit Shorts und Tanktop bekleidet so tief ins Wasser, dass sie zwischen den Schildkröten schwimmen konnte. Amy

wusste selbst nicht, warum, aber sie hatte absolut keine Angst. Es war ein wunderbares Gefühl, sich zwischen diesen friedlichen Tieren treiben zu lassen. Elegant paddelten die Reptilien durchs Meer, ihre großen Schildkrötenaugen immer wieder auf Amy gerichtet. Noch nie in ihrem Leben hatte Amy sich selbst so gelassen und entspannt gefühlt. Diese Tiere verströmten eine Ruhe, die auf sie abfärbte. Geduldig schienen die Meeresschildkröten zu warten, bis Amy ihnen folgte und mit ihnen schwamm und tauchte. Dabei vergaß sie alles um sich herum und bemerkte so auch nicht die zwei ungewöhnlichen Wasserwesen, die große goldene Hörner auf dem Kopf trugen.

Als sich die Meeresschildkröten wie auf ein geheimes Kommando hin ins tiefe, tatsächlich nachtblaue Meer zurückzogen, stieg Amy aus dem Wasser.

„Wahnsinn!“, murmelte sie und ließ sich erschöpft in den Sand fallen.

„Was haben sie dir erzählt?“, hörte sie da eine Stimme hinter sich.

Erschrocken drehte Amy sich um und entdeckte Iggy. Seine riesigen Pranken hatte der Blaue Leguan in den Sand gebohrt, die Muskeln angespannt. Wie eine Statue sah er aus.

„Sie haben sich dir anvertraut, oder?“

„Ja. Sie sorgen sich um ihre Nachkommen. Immer weniger Schildkrötenbabys schaffen es ins Meer.“

Der Leguan fixierte Amy mit seinen goldbraunen Augen, dann schloss er ein Lid, als würde er ihr zublinzeln. „Was willst du tun?“

Amy schluckte. „Wir besprechen das mit Doc und den anderen Lehrern. Aber ich würde mir ihre Brutstätten anschauen. Vielleicht gibt es für die Zukunft noch einen besseren Ort dafür. Für die jetzigen Eier könnten wir auch Wachen einteilen, mal schauen.“

„Gute Ideen, angehende Tierflüsterin“, zischte Iggy und preschte los.

Während Amy der Echse nachsah, entdeckte sie unter einer Palme Coco und Enisa, die entspannt im Schatten dösten. Sachte stupste Amy die beiden an.

„Ihr habt also doch auf mich gewartet. Lieb von euch.“ Sie lächelte. Kurz berichtete sie von ihrem Schwimmen mit den Meeresschildkröten. „Lasst uns zu den anderen gehen, ich muss mit Doktor Noa darüber sprechen.“

Als die drei Mädchen wieder zum Ausgangspunkt ihrer Reise zurückkehrten, brannte am Strand bereits ein Feuer, Lady Poppy und Max hatten ein Topf mit scharfen Bohnen darübergehängt, es gab Kochbananen in Kokosblättern und Maistörtchen.

„Ich verhungere!“ Chuck leckte sich die Lippen.

„Dauert leider noch ein bisschen, außerdem ist Doc gerade mit Carlos unterwegs.“ Max zuckte mit den Schultern.

„Wollt ihr noch eine Runde schwimmen gehen?“

Silvester nahm die Pumpe vom Strand und blies die Boards auf. „Oder Stand-up-Paddling mit mir?“

„Ich will!“, brüllte Amy. Einen Tick lauter, als sie eigentlich vorgehabt hatte, aber diese Chance wollte sie sich nicht entgehen lassen.

„Krass, was du für Energie hast, Amy.“ Chuck gähnte. „Ich bin tot.“

„Mir reicht es auch für heute“, gab Mohit zu und ließ sich in den warmen Sand fallen.

„Lieber eine Runde Kartenspielen, oder? Was meinst du, Enisa?“, fragte Coco. Enisa nickte.

Amy rieb sich die Hände. „Oh Mann, ich freue mich. Soll ich meinen Badeanzug anziehen?“

Silvester schüttelte den Kopf. „Shorts und dein Top sind bestens. Na, dann mal los." Während sie die leichten Boards zum Strand trugen, sah Silvester Amy von der Seite an. „Hast du schon mal Stand-up-Paddling gemacht?"
Amy nickte. „Schon oft. Kommt man fast nicht drum rum, wenn man so viel unterwegs ist, wie ich es war."
Mühelos brachte sie das Board zu Wasser, stellte sich darauf und paddelte in aller Ruhe hinaus aufs offene Meer. Sie sah noch nicht einmal zurück, ob Silvester ihr folgte. Amy war ganz in ihrem Element, das Meer schien ihr beinah magische Kräfte zu verleihen.
Mit großem Abstand, aber auf gleicher Höhe folgte Silvester. Amys Leichtigkeit und ihre völlige Furchtlosigkeit faszinierten ihn und mit dem SUP-Board stellte sie sich auch ziemlich geschickt an.
Sie waren schon ein Stück hinausgepaddelt, als Silvester auf einmal einen riesigen Körper bemerkte, der sich Amys Board langsam, aber zielgerichtet näherte. Vor lauter Überraschung hörte Silvester auf zu paddeln und starrte fassungslos zu Amy. Neben ihr schwamm ein gigantischer Finnwal, einer der größten Wale überhaupt!
Auch Amy hatte den Riesen bemerkt, doch zu ihrer

eigenen Verblüffung machte ihr das mächtige Tier keinerlei Angst, im Gegenteil! Die ruhigen Schwimmbewegungen des Wals, die kräftige Atemfontäne, die Leichtigkeit, mit der er durchs Wasser glitt, würde sie am liebsten stundenlang beobachten.

„Oh my God, neben mir taucht ein Wal", flüsterte sie leise, als müsse sie sich das Unglaubliche bestätigen. Einen kurzen Moment lang hatte sie Angst, dass das Säugetier ihr Board umstoßen oder ihr in irgendeiner Weise gefährlich werden könnte. Aber bei einem kurzen Blick nach hinten sah sie in die zuversichtlichen Augen von Silvester, sah, wie er den gestreckten Daumen in die Höhe hob und ihr das Zeichen gab, ganz ruhig und entspannt zu bleiben. Und Amy vertraute ihrem Lehrer.

„Okay", murmelte sie. „Dann versuche ich mal, mit einem Wal zu sprechen."

Was hatte Doktor Noa noch mal im Unterricht über das Verhalten Tieren gegenüber und die Kommunikation mit ihnen gesagt? Amy erinnerte sich an eine der letzten Stunden:

Wenn ihr Kontakt zu ihnen aufnehmt, solltet ihr immer daran denken, dass wir hier alle zusammen in Freiheit

leben. Mensch und Tier begegnen sich bei uns auf Augenhöhe. Ihr müsst ihr Verhalten deuten und langsam ihr Vertrauen gewinnen. Schnelle Bewegungen oder Ungeduld sind ganz schlecht im Umgang mit Tieren.
Geduld. Ruhe. Gelassenheit.
Keine Eigenschaften, die typisch für Amy waren, sie war immer unter Hochspannung. Aber auf keinen Fall wollte sie den Wal einfach ziehen lassen oder gar vertreiben.
Vorsichtig ließ sich Amy auf dem Board nieder, packte ihr Paddel vor sich und verhielt sich völlig ruhig.
Das Säugetier schien das als Aufforderung zu verstehen, mit Amy zu spielen, denn mit einem Mal gab er dem SUP-Board mit seiner Flosse einen leichten Stoß und das Board glitt ein Stückchen nach vorn.
Selbst aus der Entfernung konnte Silvester das Leuchten auf Amys Gesicht erkennen. Dieses Mädchen war so lebensfroh und zäh, sie überraschte ihn immer wieder!
Für Amy war es, als würde die Zeit stillstehen, als würde die Welt kurz den Atem anhalten, um sie und den Wal nicht zu stören. Ruhig tauchte das Tier neben Amy, stieß immer wieder seinen Blas aus den Atemlöchern und drehte sich verspielt auf den Rücken. Als würde er Amy dazu

auffordern, ihn am Bauch zu kraulen. Amy strahlte über das ganze Gesicht.

Auch bei dieser Begegnung bemerkte sie nicht die zwei Kreaturen tiefer im Wasser, deren Schwänze golden schimmerten. Sie hatte nur Augen für den gelassenen Finnwal.

Ebenso gemächlich, wie er gekommen war, verschwand der Wal auch wieder, tauchte einfach tiefer und tiefer, bis er aus Amys Blick verschwunden war.

„Das war … Wahnsinn!" Eilig paddelte Silvester neben Amy. „Das war ein Finnwal, ein riesiger Kerl! Was für ein Glück!"

Amy nickte, sprechen konnte sie gerade nicht. Sie war schlicht … überwältigt.

Die ganze Zeit über in Whisperworld hatte sie das Gefühl gehabt, dass kein Tier sie an sich heranließ. Sie war immer auf der Suche gewesen, doch hier, hier war sie angekommen. Zwei so außergewöhnliche, magische Begegnungen an einem Tag! Ein Dauergrinsen lag auf Amys Gesicht. Auch als sie mit Silvester und den anderen am Feuer saß und aß, fiel es ihr noch schwer, ihre Gedanken nicht weiter um den Wal kreisen zu lassen. Ob sie Tierflüsterin dieser Meeresgiganten sein würde? Oder waren es die Meeresschildkröten, die sie künftig schützen sollte?

Als Silvester gerade das Erlebnis beim Stand-up-Paddling erzählen wollte, unterbrach ihn Amy und sprudelte in ihrer gewohnten Art los. Berichtete von den Meeresschildkröten, deren Junge bald schlüpfen würden, von den Eiern, die wohl immer wieder geklaut wurden, vom riesigen Finnwal, der seine Runden unter ihrem Board gezogen hatte. Und von ihrem Glück, dass sie hier, am Meer, verspürte.

Doktor Noa seufzte. „Ich freue mich sehr, dass du hier so glücklich bist, Amy. Aber die Geschichte mit den Schildkröteneiern gefällt mir gar nicht. Vielleicht sind es gar keine Tiere, die die Eier stehlen, sondern Menschen. Auch hier bei uns in Whisperworld!“ Sie sah in die Runde. „Wir wissen inzwischen, dass sich Eindringlinge in Whisperworld aufhalten. Ich hoffe allerdings nicht, dass sie sich hier irgendwo herumtreiben. Aber wir müssen auf der Hut sein und uns um die verbliebenen Eier kümmern.“

„Du scheinst eine besondere Verbindung zum Meer und zu seinen Lebewesen zu haben, Amy“, überlegte Max. „Ich bin gespannt, welches deine Tierart wird.“

Die Abendsonne tauchte den Strand in goldenes Licht, als die Mädchen, Jungen und Lehrer mit dem Essen fertig waren. Nebenbei hatten sie auch vom Sansibar-Leoparden erzählt, dem Mohit so mutig begegnet war.
„Die Leopardin, die euch aufgespürt hat, ist eine ältere Dame namens Samira. Ich habe sie schon als Jugendliche gekannt, denn mein Vater hat sie auf ihren Wunsch hin hierhergebracht." Doktor Noa nickte Mohit erfreut zu. „Niemals hätte sie euch angegriffen, aber mit Mohits klarer Positionierung als Tierschützer und seinem Respekt der Leopardin gegenüber habt ihr auch diese Prüfung bestanden. Ihr werdet Samira schon bald wiedersehen, denn sie wird sich unserer Gruppe anschließen für die Zeit, die wir hier sind."
Carlos hob den Kopf und brüllte energisch.
Chuck und Paul klatschten sich gegenseitig ab, Mohit hielt verlegen den Kopf gesenkt.
„Whoop, whoop!", rief Amy. „Lang lebe der Leoparden-Bändiger Mohit!"
„Und die Wal- und Schildkröten-Freundin Amy!", rief Coco.
Silvester deutete auf die Sonne, die gerade wie ein Ball im

Meer versank. „So, und wenn wir uns jetzt nicht beeilen, dann schlafen wir heute ohne Dach über dem Kopf. Los, Leute, packt alle mit an."

Als die Dämmerung hereinbrach, war das Lager auf der Schildkröteninsel fertig. Bastmatten mit Schlafsäcken darauf, darüber eine Plane, die zwischen die Palmen gespannt war, davor ein prasselndes Feuer, im Hintergrund das beruhigende Rauschen des Meeres. Und Carlos, Iggy und Samira, die Sansibar-Leopardin, die die Mädchen, Jungen und Erwachsenen vor ungebetenen Gästen schützen würden.

Die Chroniken von Whisperworld

Aufzeichnungen von Pete Noa

Auf hoher See, Mai 1982

Ich erinnere mich daran, als ich zum ersten Mal mit meinem Vater im Nachtblauen Meer entlang der Küste von Whisperworld gesegelt bin. Ich war noch ein Kind, fünf Jahre vielleicht, aber der Faszination dieser Landschaft konnte ich mich schon damals nicht entziehen. Das mangrovengesäumte Ufer, das türkisblaue Meer, die vielen Delfine, die durchs Wasser sprangen.

Und dann die Schildkröteninsel mit all ihren tierischen Bewohnern! Diese Ruhe, diesen Zauber, diese Artenvielfalt wollte ich für immer konservieren.

Seit meiner Begegnung mit einem ungewöhnlichen Wasserwesen, das ich aus einem Netz befreit habe, bin ich noch sicherer, dass Whisperworld geheim und verborgen bleiben muss. Ich muss dieses Wunder schützen!

So himmlisch das Nachtblaue Meer, so unberechenbar ist das Tückische Meer. Ein Name, den ich damals noch nicht verstanden hatte, denn für mich war das Wasser einfach dunkel und wild. Damals ahnte ich noch nicht, welche ungewöhnlichen Kreaturen sich hier in der Tiefsee verbergen. Einige habe ich inzwischen zu Gesicht bekommen, andere hat noch nie ein Mensch erblickt. Das Tückische Meer mit dem angrenzenden Eisland hält mit Sicherheit noch viele Überraschungen für uns bereit.

Kapitel 10

Der neue Tierflüsterer

„Unser Timing war goldrichtig“, flüsterte Lady Poppy, während sie mit Amy, Coco, Chuck, Enisa, Mohit und Paul verborgen hinter ein paar Palmen am Strand kauerte. „Die erste Minischildkröte macht sich auf den Weg.“

Fasziniert beobachtete Paul, wie die kleinen Schlüpflinge aus den Löchern im Sand krabbelten. „Das sind aber viele“, staunte er.

Lady Poppy nickte. „Jedes Weibchen kann hundert bis zweihundert Eier legen! Meeresschildkröten kehren immer wieder an den Platz zurück, an dem sie geboren wurden, um ihre Eier zu legen. Und knappe fünfundvierzig Tage später schlüpfen die Jungen aus.“ Die Lehrerin und Wildhüterin zog ein Fernglas aus ihrer Tasche und stellte es scharf. „Es ist gut, dass wir hier aufpassen, um jede Störung zu verhindern. Die Bestände der Meeresschildkröten sind in den letzten Jahren stark geschrumpft, es muss dringend Nachwuchs geben!“

„Was is das Problem?“, wollte Chuck wissen. „Das sin doch so viele kleine Kröten.“

Lady Poppy seufzte. „Du hast recht, Chuck, aber bei den meisten Meeresschildkröten schafft es ungefähr einer von tausend Schlüpflingen, ein Alter von dreißig Jahren und damit die Geschlechtsreife zu erreichen. Und nur so ist Fortpflanzung möglich.“

„Woran liegt das?“, gab Paul zurück.

Lady Poppy reichte ihm das Fernglas, damit er die kleinen Schildkröten genauer betrachten konnte. „Für die Schildkrötenkinder beginnt jetzt die kritischste Zeit ihres Lebens. Sieh sie dir an, gerade mal sechs Zentimeter sind die Minischildkröten groß und sowohl an Land als auch im Wasser lauern viele Gefahren. Krabben, Tintenfische oder große Vögel machen Jagd auf die Tierchen. Und dazu kommen noch die Bedrohungen, die von uns Menschen ausgehen. Schiffsschrauben, Plastikmüll, irreführende Lichter im Wasser, Umweltverschmutzung. Diese Dinge machen leider auch vor Whisperworld nicht halt. Es gibt viele Gefahren für die Meeresschildkröten. Daher ist unser Job hier wichtig! Und so geht es in den nächsten Tagen weiter, Tierschützer. Es gibt noch viel zu tun.“ Lady Poppy hob den Hut und wischte sich ein paar Schweißperlen von der Stirn. „Wenn das Schlüpfen für heute geschafft ist, brauche ich dringend ein Bad im Meer!“

„Ich bin dabei“, sagte Paul und da war er nicht der Einzige. Es war gut, dass Lady Poppy und Mohit schon geöffnete Kokosnüsse und Kokosfleisch eingepackt hatten, denn das Bewachen des Schlüpfens zog sich bis in den Nachmittag hin. Alle waren völlig verschwitzt, als sie Feierabend machten und sich einen Strand zum Baden suchten.

„Wasserschlacht!“, rief Chuck und rannte los.

Unter lautem Johlen folgten ihm die Mädchen und anderen Jungen ins Wasser. Sie tunkten sich gegenseitig, vollführten Wettschwimmen oder ließen sich einfach auf dem Rücken treiben.

Instinktiv hatte sich Paul ein bisschen von den anderen wegbewegt, um in Ruhe tauchen zu können. Und auf einmal war er neben ihm: Havur, der riesige Weiße Hai, der die *Humboldt* begleitet hatte. Ruhig schwamm er unter Wasser eine Weile neben Paul, bis dieser auftauchte und dem Hai direkt in die Augen sah. Ohne Angst, ohne hastige Bewegungen, genau so, wie er es gelernt hatte.

Der Hai öffnete sein Maul und gab den Blick auf seine

beeindruckenden Zahnreihen, sein Revolvergebiss, frei: „Heute ist es so weit, Paul. Es ist Vollmond. Du weißt, was das heißt?"
„Meine Zeremonie. Weiß Doktor Noa Bescheid?"
„Ich stehe immer in Kontakt mit ihr. Die Quelle ist auf der Insel, die Steinplatte holt sie gerade von der *Humboldt.* Jetzt fehlt nur der Vertreter deiner Art und du."
Paul paddelte mit den Armen und suchte mit den Füßen eine Stelle, an der er stehen konnte.
„Akula hat die Ehre", fuhr Havur fort. „Er ist gerade noch auf Beutefang, deshalb bin ich gekommen. Akula ist mein Freund."
Endlich hatte Paul Kontakt zum Boden. Er bohrte die Füße in den Sand und stellte sich mit gestrafftem Rücken vor Havur. „Ich bin bereit."
„Dann bis heute Abend, Haiflüsterer."
Leise und geschmeidig, wie er gekommen war, verschwand Havur in den Tiefen des Meeres. Dafür spürte Paul plötzlich eine Hand auf seiner Schulter. Als er sich umdrehte, stand Enisa neben ihm im Wasser.
„Doktor Noa hat mich geschickt, um dich abzuholen."
Während sich die anderen Jungen und Mädchen an den

Vorbereitungen zur Zeremonie beteiligen durften, hockte Paul im Lager unter den Palmen.
Als die Sonne untergegangen war und sich der volle Mond am Himmel zeigte, hielt es Paul vor Spannung kaum mehr aus. Er pulte mit den Fingern in seiner Wollmütze herum, die er mittlerweile nur noch in seiner Tasche mit sich trug und nicht mehr auf dem Kopf.
Und dann war es endlich so weit! Enisa kam auf ihn zu. Amy und Mohit hatten den Weg vom Lager bis zum Meer mit den weißen Blüten des Strandkohls geschmückt. Am Strand wartete ein Torbogen aus kräftigen Palmblättern auf den neuen Tierflüsterer. Davor erleuchteten einige Fackeln die Szenerie und warfen ein zuckendes rötliches Licht auf das Wasser und Pauls wartende Freunde. Es sah beinahe magisch aus.
Knappe zweihundert Meter waren es noch bis zum Ufer, als Pauls Magen mit einem Mal zu rebellieren anfing und seine Hände zu beben begannen. Instinktiv griff er nach Enisas Hand, die neben ihm ging.
„Siehst du, was ich sehe?“ Paul deutete aufs Wasser.
Enisa war seinem Blick gefolgt. Unendlich viele steil aufragende Schwanzflossen waren im Licht des Mondes zu

erkennen, die schwarzen Spitzen der Riffhaie hoben sich deutlich vom Wasser ab.

„Bald wirst du ihr Tierflüsterer sein, Paul."

Nur noch wenige Meter waren sie von den Haien entfernt, als wilde Gedanken durch Pauls Kopf schossen. Wie kam er eigentlich auf die Idee, so sorglos zu sein, sich einfach mitten unter so viele Haie zu begeben? Konnte er diesen Tieren wirklich vertrauen? Was, wenn sich Akula und Havur doch getäuscht hatten und die Haie viel lieber Chuck als ihren Tierflüsterer sehen würden? Und überhaupt – was machte er hier, war das nicht alles völlig verrückt? Vielleicht wäre es besser gewesen, zu Hause zu bleiben, dort hatte er doch alles, was er brauchte: Freunde, ein schönes Haus, jede Menge Geld. Zumindest wenn sein Vater einen guten Tag hatte und etwas mit ihm unternahm. Dann steckte er ihm gern ein paar Scheine zu. Aber wann hatte sein Vater mal Zeit für ihn gehabt? Paul schluckte.

Mit Schaudern erinnerte sich Paul daran, wie sein Vater gelacht hatte, als Paul die Einladung nach Whisperworld bekommen hatte. Dann hatte er den Brief zerrissen und in den Marmorkamin im Billardzimmer geworfen. Paul

straffte die Schultern. Seine Berufung gehörte jetzt nicht hierher. Das war sein Moment, sein Vater spielte hier absolut keine Rolle.
„Danke dir, Enisa."
Paul ließ die Freundin los und lief die letzten Meter allein. Doktor Noa wartete schon am Ufer, neben ihr stand Carlos, in einiger Entfernung warteten zu ihrer Linken Lady Poppy, Max mit Lola auf der Schulter und Silvester, zu Docs Rechten hatten sich Amy, Coco, Chuck und Mohit und Samira aufgestellt, Enisa reihte sich nun ebenfalls ein. Über ihnen strahlten die Sterne, der Himmel war klar und weit und der Mond schien wie eine beinahe greifbare Scheibe.
In den Bäumen auf dem Atoll regte sich kein Tier, nicht ein Vogelzwitschern, Keckern, Fiepen oder Brüllen war zu hören. Kein einziger Laut, nur das sanfte Rieseln des Sandes, wenn Paul einen Schritt vorwärts machte. Und das Geräusch, das Iggy versursachte, während er hinter Paul zu Doktor Noa huschte.
„Ich glaube, jetzt sind wir alle versammelt", erklärte Doktor Noa. „Ab jetzt ist es dein Abend, Paul."
Eine leichte Brise kräuselte das Meer. Als Paul neben

Doktor Noa trat, malte der Mond gerade eine silberne Linie auf das Wasser, die genau vor Paul und einer kleinen Schale endete. Paul kannte die Zeremonie, die nun folgen würde, schon von Enisa und Mohit. Und er ahnte, dass die Schale Süßwasser aus der Quelle hinter den Felsen enthielt. Und doch … sein Herz klopfte ihm bis zum Hals.

„Du. Schaffst. Das“, flüsterte Doktor Noa ihm leise zu und legte ihre Hand für einen Moment auf seine Schulter.

Paul sah zu Amy, Coco, Chuck, Enisa und Mohit, zu seinen Freunden. Auch wenn es ab und zu Streit gab, so waren sie inzwischen doch seine Freunde, seine Familie. Glücklich lächelte er ihnen zu.

„Hier haben wir unser Bambuskörbchen mit den Paranüssen und zwei Schalen mit Flüssigkeit“, erklärte Doktor Noa. „Akula war es, der dich gerufen hat, mit ihm führen wir die Zeremonie durch.“ Doktor Noas Stimme war laut und über die ganze Insel zu hören: „Auf Wunsch der Schwarzspitzen-Riffhaie wird Paul Tierflüsterer ihrer Art. Aber wie ihr wahrscheinlich schon bemerkt habt, hat er eine besondere Verbindung zu allen Haiarten.“

„Krass!“, platzte es aus Chuck heraus.

„Großartig“, rief Mohit.

„Wahnsinn!“ Amy riss die Arme in die Höhe.

Auf Doktor Noas Anweisung hin watete Paul nun unter dem Palmwedel-Bogen hindurch ins Wasser. Dort ließ er sich vorsichtig auf die Knie gleiten, um nicht so groß zu sein. Gleichzeitig verteilten sich die Haie um ihn herum. Direkt neben ihm glitt Akula geräuschlos durchs Wasser.

„Ich bin glücklich, dass du mich gewählt hast“, wisperte Paul, als Akula seine Schnauze an Pauls Wade drückte.

„Duwiunfrse“, gurgelte der Hai.

Erschrocken wich Paul zurück und rappelte sich wieder hoch. Seine Beine schlotterten, die Knie wurden weich wie Butter. Verdammt! Das hatte sich nach Fressen angehört! Oder bildete er sich das nur ein? Er versuchte, die gruselige Vorstellung zu verdrängen, und warf einen flehenden Blick zu Doktor Noa.

„Bleib ruhig, Paul. Die Situation ist für alle Beteiligten sehr aufregend. Für dich *und* die Haie.“ Doktor Noa stand jetzt ganz nah vor ihm. „Keine Angst. Jeder einzelne Hai hat versprochen, dir niemals etwas anzutun, sondern dich im Gegenteil immer zu beschützen. Was du gerade nicht verstanden hast, hieß einfach *Du wirst unser Freund sein.*“

„Echt?“ Paul grinste schief. „Hat sich, ehrlich gesagt, für mich eher nach *Wir werden dich fressen* angehört.“
Akula tupfte Paul mit seiner Schnauze am Bein an, streckte den Kopf aus dem Wasser und öffnete das Maul. Diesmal konzentrierte sich Paul mit ganzer Kraft auf seine Worte: „Niemals, Paul. Du kannst uns vertrauen.“
Paul seufzte. „Danke, Akula.“
Damit ließ er sich wieder auf Knien zwischen den Haien nieder.
Lady Poppy hatte sich von den anderen Lehrern gelöst, war unter die Palmwedel getreten und griff nach der Schüssel mit Paranüssen. Mit federnden Schritten lief sie zu jedem Menschen, damit er sich zwei aus der Schale holen und eine in jede Hand nehmen konnte.
Währenddessen hievten Max und Silvester die schwere Steinplatte, die schon Doktor Noas Großvater gehört hatte, ein paar Meter tief ins Meer und ließen sie dort vorsichtig auf den Sand nieder. Im Licht des Mondes, das genau an dieser Stelle bis auf den Grund strahlte, erkannte Paul das Schulwappen, das auch auf dem Torbogen im Deepwood zu sehen war: links der Leguan, rechts der Löwe, in der Mitte der Papagei. Und darunter:

Doktor Noa lächelte. „Wie du weißt, hat mein Urgroßvater als Erster diese Zeremonie durchgeführt. Mit jedem Tierflüsterer, der in die Welt ausgesandt wurde, und allen Tierarten und Wesen, mit denen sie verbunden wurden. Und so sollt auch ihr, Akula und Paul, es heute tun."

Paul holte tief Luft und stellte seinen rechten Fuß vorsichtig auf die Schieferplatte. Akula presste seine Schwanzflosse dagegen. Behutsam und mithilfe von Max umwickelte Doktor Noa nun Pauls Bein und Akulas Flosse mit mehrmals zusammengebundenen Fasern der Kokospalme. Dann reichte sie Paul die Schale mit frischem Wasser. Paul nahm sie, trank einen Schluck und sah Doktor Noa und Max fragend an.

Max lachte. „Du hast recht, Paul, es wird schwierig, einen Hai aus der Schale trinken zu lassen. Deshalb werden wir Akula einfach mit dem Wasser aus der Quelle begießen."

Langsam tropfte er Wasser auf den Kopf des Hais.

Doktor Noa sah zum Vollmond, dann auf das silbrig schimmernde Wasser, Paul und den mit ihm verbundenen Hai.

„Es ist dieses Flüstern,
das Raunen und Wispern.
Die Verbindung zwischen zwei Wesen,
die niemals ist stärker gewesen.
Ein geheimes, untrennbares Band,
als ein Wesen das andere fand.
Der Tierflüsterer und sein Tier
für immer vereint, jetzt und hier.
Besiegelt von des Wassers Quelle,
bezeugt an Ort und Stelle.
Die Zukunft gehört dir –
Mensch und schützenswertes Tier!“

Kaum hatte sie geendet, kräuselte sich die Wasseroberfläche, Schaumkronen bis zum Horizont bildeten sich, das Meer begann, sanft zu rauschen, als würde es die passende Musik zur Zeremonie liefern, parallel dazu begannen die Haie, sich zu bewegen wie in einem lange miteinander abgestimmten Ballett, und schließlich erschallte der vielstimmige Ruf:
Paul! Paul, du sollst unser Tierflüsterer sein!
Trotz des warmen Wassers bildete sich eine Gänsehaut an

Pauls Armen und Beinen. Der Moment war unglaublich beeindruckend!
„Wenn in einer magischen Entscheidungsnacht alles in Whisperworld schläft und ein Kind das Wispern einer bestimmten Tierart hört, ist es zum Tierflüsterer bestimmt“, rief Doktor Noa. „Hast du das Flüstern gehört, Paul?“
„Ja, das habe ich“, sagte er laut und deutlich.
„Bravo“, rief Lola, löste sich von Max’ Schulter und kreiste eine Runde über Paul.
„Danke, Lola.“ Paul winkte ihr zu. „Wenn du nicht gewesen wärst, dann wäre ich nicht hier.“
„Lass uns aus dem Wasser steigen. Mir scheint, dir wird kalt.“ Doktor Noa reichte Paul die Hand und zog ihn hinter sich her.
Unter den Palmwedeln wartete Max, in seiner Hand trug er ein schwarzes Kästchen, auf dem ein Edelstein funkelte.
„Es ist die Aufgabe eines Tierflüsterers, sich auf der ganzen Welt für seine Tierart einzusetzen. Ab sofort trittst du dafür ein, dass die Lebensräume dieser Art nicht zerstört und Schwarzspitzen-Riffhaie geachtet und nicht ausgerottet werden.“ Max öffnete das Kästchen und nahm ein braunes

Lederband heraus, an dem ein Haifischzahn baumelte.

„Darf ich?“

Als Paul nickte, legte Max ihm das Band um den Hals und verknotete die Enden. „Nun trägst du das Symbol eurer Verbindung.“

Paul nickte, seine Finger glitten sanft über den Haifischzahn. „Für immer verbunden. Ich werde dich, Akula, die Schwarzspitzen-Riffhaie und alle anderen Haiarten schützen, so gut ich kann.“

Lady Poppy nahm eine Paranuss in jede Hand und schlug die Kapselfrüchte erst sachte, dann immer lauter aufeinander.

Doktor Noa, Silvester und Max folgten, ebenso Amy, Coco, Enisa und Mohit. Nur Chuck tat so, als wäre ihm eine Nuss aus der Hand gefallen und er würde sie suchen. Diesmal war es Max, der Vertrauenslehrer der Tierflüsterer, der Chuck einen warnenden Blick zuwarf und sich fest vornahm, noch mal mit ihm zu sprechen.

Rhythmisches Klackern erfüllte die Schildkröteninsel, die zuvor so still gewesen war. Unter die Töne der Paranüsse mischten sich auf einmal alle möglichen Vogelstimmen, Zwitschern, Keckern, Tirilieren und Fiepen.

Ein gewaltiges Konzert, das über das silbrig glänzende Meer hallte, bis zum Horizont schwappte und dort von den Wellen geschluckt wurde.
Der Applaus der Schildkröteninsel.

Kapitel 11

Ein Ozean voller Wunder

Zwei Tage nach der wunderbaren Zeremonie am Meer und nach weiteren Stunden Wache bei den Schildkröten schlug Enisa ungewöhnlich früh die Augen auf. Ein Geräusch hatte sie hellhörig gemacht. Als sie sich auf ihrer Matte aufrichtete, beobachtete sie Silvester, der sich einen Rucksack mit Proviant packte und offensichtlich gerade losmarschieren wollte.

„Wo gehst du hin?", flüsterte Enisa ihm zu. „Steht heute nicht etwas Besonderes auf dem Programm?"

„Pssst." Silvester hielt den Finger an die Lippen. „Yep! Ihr werdet gemeinsam eine spannende Sache machen, Enisa, aber einer muss auch nach den Schlüpflingen sehen. Heute bin ich dran. Schlaf weiter, wir sehen uns!"

Mit einem kurzen Winken lief er davon. Aber Enisa konnte sich nicht mehr wegträumen, weil sie fasziniert lauschte, wie die Schildkröteninsel erwachte. Wie im Deepwood war es auch hier nie richtig ruhig. Dafür sorgten schon die nachaktiven Tiere wie Geckos, Lemuren oder Kakapos, die flugunfähigen gelbgrünen Eulenpapageien, die hier lebten. Aber die Klänge des Tages waren andere, angefangen mit dem morgendlichen Gesang der Vögel, dem Keckern der Affen und dem Summen, Brummen, Surren und Zirpen der Insekten. Irgendwann wirkten diese Geräusche dann so einschläfernd auf Enisa, dass sie doch wieder einnickte … bis Carlos ihr mit seiner pelzigen Zunge über den Arm schleckte.

„Schlafmütze“, knurrte er. „Du bist die Letzte, beeil dich.“

Wie von einer Tarantel gestochen schoss Enisa in die Höhe. Wie peinlich! Sie hatte noch geschlafen, während die anderen längst angezogen waren und ihre Sachen gepackt hatten. Oje, zu Hause am Rand der Wüste wäre ihr das nie passiert. Großmutter Leila hätte ihr lieber einen Eimer kaltes Wasser über den Kopf gekippt, als sie länger als bis sechs Uhr schlafen zu lassen.

„Es tut mir so leid. Warum habt ihr mich nicht geweckt, das ist mir sehr unangenehm.“

„Jetzt chill ma dein Leben, Enisa.“ Chuck lächelte. „Wir sind auch noch nich so lange wach …“

Enisa seufzte erleichtert.

Anders als zunächst gedacht begann der Tag entspannt mit Kokoswasser und Früchten im Schatten der Bäume am Meeresufer. Lady Poppy, Max, Doktor Noa mit Carlos und Iggy und alle angehenden Tierflüsterer hatten sich im Sand niedergelassen. Zu Pauls Bedauern war kein einziger Hai zu sehen, aber Doktor Noa kannte den Grund.

„Die Haie haben sich aus Rücksicht zurückgezogen, denn heute üben wir, vor allem Lady Poppy, mit euch das Tauchen und …“

„Das können wir doch schon“, murmelte Chuck in sich hinein.

„Schnorcheln, was ihr bisher geübt habt, ist etwas ganz anderes als Tauchen, Chuck.“ Doktor Noa verschränkte die Arme vor der Brust. „Das Wichtigste, nämlich den körperlichen Check-up bei Silvester, habt ihr schon hinter euch. Aber bisher habt ihr Schnorcheln und Tauchen mit der ABC-Ausrüstung geübt. Heute lernt ihr jede Menge Theorie, auch die Verständigung unter Wasser und das Tauchen mit Sauerstoffflaschen.“

Lady Poppy klatschte in die Hände. „Okay, Leute, jetzt besorgen wir noch unser Material.“

Eine ganze Weile brauchte die Gruppe, um mit dem

Beiboot die Tauchausrüstung von Bord der *Humboldt* zu holen, denn an diesem Tag ging es nicht um eine schlichte ABC-Ausrüstung, bestehend aus Maske, Schnorchel und Flossen, diesmal ging es um Tauchanzüge, Tauchermasken und schwere Taucherflaschen mit Atemregler.
„Ich bin ausgebildete Tauchlehrerin", erklärte Lady Poppy, „und das ist auch wichtig. Denn ohne Tauchschein darf niemand im offenen Meer tauchen. Wir machen das Ganze ein bisschen unkonventioneller als in einer Tauchschule, aber genauso sicher."
Gespannt lauschten die Mädchen und Jungen – ihre Taucheranzüge trugen sie bereits – Lady Poppys Ausführungen über die richtige Ausrüstung, Tauchzeichen unter Wasser und die Funktion der Geräte.

Mohit schwieg schon den ganzen Vormittag. Ihm war nicht wohl, denn bisher hatte er noch kein einziges Wasser-Miracorn entdecken können. Ob Nemal und seine Freunde ihn vergessen hatten?
Amy dagegen war wieder in ihrem Element. „Tiefsee, ich komme!" Sie hievte ihre Taucherflasche hoch und tänzelte damit theatralisch im Sand. „Superwoman Amy ist bereit."

Zu gern hätte Enisa über Amys Auftritt gelacht, aber sie hatte Mühe, die schwere Taucherflasche zu tragen. Mit starrem Blick biss sie die Zähne zusammen. Bloß keine Schwäche zeigen!
„Hört mir bitte noch mal genau zu", rief Doktor Noa, als schließlich alle in voller Montur im hüfthohen Wasser standen. „Ich möchte euch euren neuen Lehrer vorstellen, der diese Gewässer besser kennt als irgendjemand sonst. Wenn ihr ein paar Tauchgänge gemacht habt, wird er euch die Schönheiten des Riffs zeigen. Es handelt sich um einen Japanischen Teufelsrochen. Begrüßt mit mir Chiko!"
Die Köpfe der Mädchen und Jungen richteten sich neugierig auf das Meer, in dem nun mit ruhigen, eleganten Bewegungen ein rautenförmiger Fisch mit einem pfeilartigen Schwanz, bläulich-schwarzem Rücken und einer weißlichen Brustseite auftauchte.
Lady Poppy beschattete ihr Gesicht mit den Händen. „Chiko wird es euch sicher gestatten, dass ihr ihn mal näher anseht. Genau wie die Haie gehören Rochen zu den Knorpelfischen. Rochen besitzen keine festen Knochen, sondern Knorpel, was ihren Körper so leicht macht. Anders als andere Fische brauchen sie keine Schwimmblase, um

ihr spezifisches Gewicht an das Wasser anzugleichen.
Ihr Körper ist total flach. Maul, Nasenlöcher und fünf Kiemenspaltenpaare findet ihr auf der Körperunterseite. Viel Spaß beim Biokurs." Sie lachte. „Los, keine Scheu, seht ihn euch an."

Coco wich ein Stück zurück. „Aber … aber Rochen haben doch Giftstachel?"

„Echt? Cool!" Chucks Neugier war geweckt.

Auch der Name des Fisches gefiel ihm: Teufelsrochen. Das hörte sich doch viel besser an als Gold- oder Herkuleskäfer.

Vielleicht könnte er sich mit dem Rochen zusammenschließen und sein Tierflüsterer werden. Alles besser als Käfer!

„Keine Panik, Coco." Doktor Noa schüttelte den Kopf. „Rochen haben vor allem einen flachen Körper und mit dem Kopf verwachsene Brustflossen. Und nur manche haben Giftstachel, das sind die Stech- und Stachelrochen. Chiko ist harmlos und ein Freund in Whisperworld, das verspreche ich euch."

Doktor Noa streckte ihre Hand ins Wasser und der Rochen glitt darauf zu und berührt sie sachte.

„Hallo, Chiko. Danke, dass du unseren neuen Tierflüsterern deine Unterwasserwelt zeigen willst." Sie sah sich nach allen Seiten um. „Seid ihr bereit? Wir beginnen mit ein paar Übungs-Tauchgängen, bevor wir Chiko am Nachmittag in tiefere Regionen folgen."

Genauso geschmeidig, wie er gekommen war, zog sich Chiko wieder zurück. Bis die neuen Tierflüsterer das richtige Tauchen geübt hatten, würde er noch ein bisschen Krill, kleinste Krebse, jagen.

Während die anderen Mädchen und Jungen dem imposanten Rochen nachschauten, richtete Enisa ihren Blick auf Doktor Noa. Neben ihr war nämlich gerade ein neuer Gast im Wasser aufgetaucht, eine riesige Meeresschildkröte.

„Tortuga!", rief Doktor Noa erfreut. „Was machst du denn noch hier? Die Eier sind längst gelegt, die Kleinen schlüpfen doch bereits, wir passen wie abgesprochen auf, dass alles gut geht. Oder gibt es noch andere Probleme?"

Enisa beobachtete, wie die Grüne Meeresschildkröte den hellbraunen Kopf mit den gelben Markierungen aus dem Wasser hob und Doktor Noa sich zu ihr hinunterbeugte, bis der Schnabel des Reptils direkt an ihrem Ohr war.

Doktor Noa richtete sich mit gerunzelter Stirn auf, die Hände ballte sie zu Fäusten.

„Mist, Mist, Mist", hörte Enisa sie flüstern. „Ich wusste von Tethys, aber dass es um die Aargonas geht …"

Den Rest des Satzes konnte Enisa nicht verstehen. Doch in ihren Ohren hallten die Worte nach.

Tethys. Aargonas.

Worum handelte es sich dabei? Zu gern hätte Enisa gefragt, doch das wagte sie nicht. Sie sah, wie Doktor Noa gerade den Mund öffnete, um etwas zu sagen, als ein Schrei ertönte.

„Eine Meeresschildkröte! Da vorn, bei Doktor Noa!" Auf Amys Ruf hin paddelten die Tierflüsterer im nicht allzu tiefen Wasser zu dem Reptil, das sich ruhig von allen Seiten betrachten ließ.

„Das ist Tortuga", erklärte Doktor Noa. „Mein Vater hat sie aus der Karibik hierhergebracht. Dort hatte er sie gerade noch vor dem Kochtopf retten können."

„Wirklich?" Coco schüttelte den Kopf. „Ich verstehe nicht, wie man diese Tiere essen kann."

„Viele Menschen denken, dass sie die einzige fühlende Art auf Erden sind, aber das ist nicht so", murmelte Max.

„Entschuldigt mich, ich muss unbedingt mit Silvester sprechen." Doktor Noa stapfte zu Lady Poppy und flüsterte ihr ebenfalls etwas ins Ohr. Dann wandte sie sich zu den Mädchen und Jungen. „Ich werde heute nicht beim Tauchen dabei sein, tut mir leid."

Eilig lief sie ans Ufer, legte ihre Tauchsachen ab und verschwand mit Carlos und Iggy zwischen den Palmen.

Lady Poppy klatschte in die Hände. „Konzentration, bitte! Das Wesentliche beim Tauchen ist Sicherheit. Also prüft gegenseitig noch mal eure Ausrüstung. Genauso wichtig: Taucht niemals allein. Nur dann kann euch jemand im Notfall helfen. Und vergesst den Druckausgleich in den Ohren nicht!"

Während sich die anderen Mädchen und Jungen gegenseitig beim Sicherheitscheck halfen, beobachtete Enisa, dass Chuck Lady Poppy mal wieder überhaupt nicht zuhörte. Er war mit einer ganzen Anzahl von goldschimmernden Schwimmkäfern beschäftigt, die sich ringförmig um ihn geschart hatten. Erst als Chuck eine seiner Flossen auszog und damit unwirsch das Wasser bearbeitete, damit es spritzende Wellen schlug, ließen die Käfer von ihm ab und verschwanden. Chuck sah

ihnen feixend nach und ... sein Blick traf sich mit dem von Enisa. Doch dann schaute er schnell weiter zu Lady Poppy.
Die ersten Tauchgänge fielen bei den Mädchen und Jungen sehr unterschiedlich aus.
Coco und Mohit waren eher zurückhaltend und wagten noch nicht, besonders tief zu tauchen, oder tauchten schnell wieder auf. Möglichst unauffällig, wie er hoffte, hielt Mohit ständig Ausschau nach etwas Hellem, Schimmerndem. Den Wasser-Miracorns. Er konnte keins erblicken und machte sich damit Mut, dass das Meer an dieser Stelle noch viel zu seicht und durchsichtig sei. Die Miracorns dachten wahrscheinlich, dass er hier einfach noch keine Angst vor der Dunkelheit haben musste.

Begleitet von Chuck, der sowieso nie zugegeben hätte, wenn er sich fürchtete, tauchte Amy schon von Beginn an ziemlich tief. Zunächst blieb Chuck auch in ihrer Nähe, wie Lady Poppy es gefordert hatte, doch dann entdeckte er jede Menge Seesterne, die Chuck wesentlich interessanter fand als die Teamkollegin. Amy, die davon ausging, dass Chuck bei ihr blieb, war völlig fasziniert von der

Unterwasserwelt. Dass Chuck sich immer weiter von ihr entfernte, merkte sie nicht.

Pauls erster Tauchgang begann mit Verspätung, denn er blieb eine Weile unschlüssig stehen, während ihm das Wasser bereits bis zum Hals ging. Er konnte sich nicht entschließen, abzutauchen. „Eigentlich habe ich keine Angst, aber mir fällt keine einzige Zeile mehr aus meinen Survival-Büchern ein. Nichts übers Tauchen, obwohl ich so viel darüber gelesen habe."

„Vergiss die Bücher. Folge deinem Herzen." Enisa, die seine Teampartnerin war, deutete aufs offene Meer. Eine Flosse mit einer auffälligen schwarzen Spitze war dort zu sehen.

„Akula." Paul seufzte. „Er passt auf mich auf, das sagt mir mein Bauchgefühl. Also sollte ich auch keine Angst haben." Er zwinkerte Enisa zu. „Okay, dann los!"

Am Nachmittag waren alle so weit, dass sie Chiko in tiefere Regionen folgen konnten. Und was sie dort sahen, begeisterte Enisa und ihre Freunde restlos und ließ auch Coco und Mohit jede Angst vergessen.

Noch immer war das Wasser so klar, dass Enisa bis zum

Grund sehen konnte. Mit eleganten Bewegungen führte Chiko die Taucher zu einer Zauberwelt, einem Ozean voller Wunder. Bunte Korallen taten sich vor ihnen auf, knallgelbe Röhrenschwämme ragten wie lange Finger aus dem Boden, Nesselfarn und Peitschenkorallen wiegten sich sanft im Wasser und orangefarbene Elefantenohr-Schwämme klebten an den Felsen des Riffs. Dazwischen wimmelte es von regenbogenfarbenen Kreolenbarschen, Clownfischen, silbergrauen Bonitos und etlichen Schwarmfischen.

So etwas Schönes hatte Enisa noch nie in ihrem ganzen Leben gesehen. Sie jubelte innerlich. Was für ein Glück, dass sie die Berufung nach Whisperworld erhalten hatte und ihr trotz Großmutter Leilas Tod gefolgt war. Ihre Großmutter wäre stolz auf sie, da war Enisa sich sicher.

Der Faszination der Unterwasserwelt erlagen auch alle anderen Jungen und Mädchen. Paul hatte es besonders gut getroffen, er hielt sich bei den Tauchgängen einfach an der Rückenflosse von Akula fest und ließ sich von ihm durchs Wasser tragen. Zunächst hatten die anderen Jungen und Mädchen sich noch nicht allzu nah an Akula oder andere Haie herangetraut, aber bald merkten sie, dass Doktor

Noas Ansagen richtig waren. Kein Hai würde einem Tierflüsterer etwas antun.
Als Enisa einem Papageienfisch folgte, der sich hinter eine gigantische Fächerkoralle flüchtete, hatte sie das Gefühl, dort etwas golden Schimmerndes zu erspähen.
Mohits Wasser-Miracorns sind gekommen, schoss es ihr durch den Kopf. Doch als sie freudig auf die Koralle zuschwamm, wirbelten dort nicht Mohits kleine Freunde herum, stattdessen entfernte sich gerade ein Wesen mit einem glänzenden Schwanz.
Enisa stutzte. Ein Wesen mit … nein, das konnte nicht sein, das gab es doch nicht! Entweder war ihre Taucherbrille beschlagen … oder sie hatte gerade eine Nixe gesehen! Als sie sich umdrehte, um zurückzuschwimmen, kam ihr Amy entgegen. Oder war sie schon die ganze Zeit in ihrer Nähe gewesen? Hatte sie das Wasserwesen auch gesehen?
Viel Zeit zum Nachdenken blieb ihr nicht, in diesem Moment schwamm Chiko wieder Richtung Ufer und Lady Poppy gab das Zeichen zum Auftauchen.
„Das war das Coolste, was ich jemals gemacht hab.“ Chuck zog sich die Taucherbrille vom Kopf und strahlte,

als er neben Amy im flachen Wasser stand. „Ich will sofort wieder da runter."
Max zog sich die Taucherflasche vom Rücken. „Das wirst du, Chuck, allerdings nicht allein." Er sah Chuck fest in die Augen. „Versprochen?"
„Logisch. Klaro." Chucks Wangen färbten sich rot.
Enisa, die schon neben Mohit am Ufer stand und das Gespräch mitgehört hatte, grinste. Über ihre Beobachtung im Wasser wollte sie lieber nicht reden. Bestimmt würden die anderen sie für verrückt halten.
Auch Coco und Paul waren inzwischen aus dem Wasser gestiegen und hatten ihre Ausrüstung abgelegt, als Doktor Noa mit Carlos, Iggy und Silvester auftauchte.
„Wie waren die Tauchgänge?!", rief Silvester. „Ich habe euch so beneidet, während ich schwitzend Schildkrötenkinder gezählt habe."
„Mein Mitleid hält sich in Grenzen", brummte Carlos ihm zu.
Doktor Noa lächelte. „Morgen wird euch die Unterwasserwelt noch mehr begeistern. Wir zeigen euch einen geheimen, sehr spannenden Teil des Nachtblauen Meeres."

„Doktor Noa?“ Amy schluckte und hob die Hand. „Oh Mann, ich weiß, es klingt blöd, aber … gibt es hier im Meer so was wie … äh … Meerjungfrauen?“

Kapitel 12

Tethys

Coco erwachte davon, dass jemand mit einem Grashalm in ihrem Ohr herumbohrte.

„Amy, lass das“, murmelte sie schlaftrunken und blinzelte. Doch es war nicht Amy. Neben ihr saß ein … Coco richtete sich schlagartig auf … nein, kein Schimpanse, wie sie zunächst gedacht hatte, denn dieses Tier war wesentlich kleiner. Es war ein Bonobo! Auch ohne in eines ihrer Notizbücher zu sehen, wusste Coco noch aus den Begegnungen im Deepwood, dass diese Affen vom Aussterben bedroht waren und eigentlich nur im Kongo lebten. Aber was hieß in Whisperworld schon *eigentlich?*

„*Gumoco guslaf?*“, keckerte das Äffchen.

Coco legte den Kopf schief. „Häh?“

Ein Lachen ertönte, es kam von Lady Poppy. „Oscar hat dir Guten Morgen gesagt, Coco. Und gefragt, ob du gut geschlafen hast.“

Coco richtete sich auf und sah dem Affen in die Augen,

um sich richtig auf dessen Worte konzentrieren zu können.
„Danke dir, Oscar. Sehr gut."
Es erstaunte sie kein bisschen, dass Oscar antwortete:
„Freut mich."
Sekunden später klatschte Lady Poppy so kräftig in die Hände, dass Oscar Reißaus nahm und sich auf eine der Palmen über dem Lager rettete, wo schon eine ganze Familie von Bonobos herumturnte und nun laut kreischte.
Schlagartig waren auch die anderen Mädchen und Jungen wach. „Danke, Oscar! Hast du gut gemacht, unsere Pennbacken sind wach." Lady Poppy lachte dröhnend.
„Frühstück ist fertig!"
Zum Beweis hob Max, er saß mit Lola auf der Schulter im Schatten vor einem Korb mit Früchten, seinen Metallbecher in die Höhe. Wenig später gesellte sich auch Coco mit Amy, Chuck, Enisa, Mohit und Paul dazu.
„Doc und Silvester sind schon vor Stunden aufgebrochen", erklärte Max. „Amy, Doktor Noa hat die Beantwortung deiner Frage von gestern auf heute verschoben. Etwas fies, aber sie wird ihre Gründe haben." Er zwinkerte. „Heute werdet ihr ein Geheimnis des Meeres erfahren. Wir tauchen ab!"

„Mit unserer Ausrüstung?" Chucks Augen weiteten sich.
„Unter anderem", gab Max zurück. „Sobald ihr fertig seid, treffen wir uns am Ufer, dort, wo das Beiboot ankert. Chiko und Tortuga werden uns begleiten."

Coco kam es vor wie eine Ewigkeit, die sie Lady Poppy und den anderen schnorchelnd immer weiter aufs offene Meer folgte.
Carlos, Iggy und Lola waren etwas beleidigt am Ufer zurückgeblieben, zumindest war es Coco so vorgekommen.
Längst war das Wasser nicht mehr türkisblau und klar, sondern dunkel und undurchsichtig. An einer Stelle, die für Coco einfach nur nach Wasser aussah, gab Lady Poppy das Signal zum Abtauchen.
Coco musste sich zunächst an das schummrige Licht gewöhnen, das hier, unter Wasser, im offenen Meer herrschte. Ziemlich tief dürfte es sein, überlegte Coco, sie konnte keinen Meeresboden erkennen, nur ein tintenschwarzes Nichts. Wie gut, dass Tortuga und Amy direkt neben ihr schwammen, außerdem schwirrten jede Menge bunte Fische und pastellfarbene Quallen herum. Und dann erspähte Coco auf einmal eine enorm

große, merkwürdige Kugel, nur ein paar Meter unter der Wasseroberfläche. Aus der Ferne wirkte sie wie ein riesiger, durchsichtiger Golfball, den jemand ins Wasser katapultiert hatte. Doch je weiter die Gruppe sich der Kugel näherte, desto spektakulärer und vor allem größer wurde sie.

Wow! Amy gab Coco ein Zeichen. Coco war so perplex, dass sie jede Unterwasser-Kommunikation vergaß, denn diese Kugel war eine Art Unterwasserhaus mit dicken, transparenten Wänden. Unter dem Gebäude bohrte sich eine lange Röhre nach unten, wahrscheinlich bis zum Meeresgrund. Und in der Kugel … Coco staunte … standen Doktor Noa und Silvester und winkten den anderen zu.

Was nun geschah, war beinahe unglaublich!

Doktor Noa oder Silvester musste eine Mechanik ausgelöst haben, mit der sich die Röhre, an der das Kugelhaus befestigt war, in die Höhe schraubte. Langsam und stetig stieg sie Richtung Sonnenlicht.

Die Tauchgruppe machte es ihr nach und folgte der Kugel an die Wasseroberfläche. Dort schauten die Jungs und Mädchen sich mit großen Augen an, als sich zischend eine seitliche Luke öffnete.

Doktor Noa und Silvester empfingen sie mit einem breiten Grinsen. „Überraschung! Kommt rein ins traute Heim." Silvester reichte Lady Poppy eine Hand.

Hinter der Luke befand sich ein Trockenraum, hier entledigten sich alle ihrer Schnorchel, Flossen, Taucherflaschen und Anzüge. Von dort ging es durch eine fast schon trockene Schleuse in den Bauch der Kugel.

„Da ist ja … wie in den Büchern von Jules Vernes." Amy sah sich interessiert um.

„Das ist besser." Max strahlte. „Willkommen in Tethys, der geheimen Unterwasserstation von Whisperworld."

„Mit dieser Kugel können wir das Leben tief im Ozean beobachten", erklärte Doktor Noa. „Na, was sagt ihr?"

Ungläubig starrten die Mädchen und Jungen durch die komplett durchsichtige Hülle der Kugel, die inzwischen wieder abgetaucht und nicht weit unter der Wasseroberfläche zum Stehen gekommen war. Meeresschildkröten schwammen langsam daran vorbei, Haie warfen einen kurzen Blick ins Innere und drehten dann wieder ab. Quallen und Oktopusse tänzelten um das Gebäude herum, als wäre es ein natürlicher Teil des Nachtblauen Meeres.

„Tethys ist unser Zugang zu all dem, was sich tief im Meer abspielt." Lady Poppy seufzte. „Leider hat Havur meiner Cousine schon vor einigen Tagen ein Stück des Schildes unserer Unterwasserstation gebracht. Es kann nur mutwillig abgerissen worden sein, jemand war wohl verärgert, weil er nicht hier eindringen konnte. Wir können nur hoffen, dass derjenige – oder diejenigen – nicht noch mehr zerstört hat."

Am flackernden Blick von Doktor Noa glaubte Coco zu erkennen, dass sie mehr beunruhigt war, als sie preisgab.

„Das sieht aus wie in einem Raumschiff", stellte Amy fest, die sich langsam im Inneren der Kugel umgesehen hatte. „Überall merkwürdige Geräte, Computer, Steuerungssysteme."

„Im Meer, genauer in der Tiefsee, gibt es Wesen, die unseren Schutz brauchen." Doktor Noa sah in die Runde. „Sehr ungewöhnliche Wesen."

Coco schüttelte den Kopf, ihr Herz schlug bis zum Hals. Tiefsee? Ungewöhnliche Wasserwesen? Das klang … ziemlich beunruhigend. Cocos Puls beschleunigte sich. Aus dem Augenwinkel nahm sie wahr, wie Amy Enisa wissend zuzwinkerte. Hatten die beiden ein Geheimnis?

Coco nahm sich vor, Amy später danach zu fragen. Früher wäre das ein Problem für sie gewesen, aber inzwischen sprach sie Dinge lieber an, die sie störten oder belasteten.
Coco holte tief Luft. Die Vorstellung, in die Tiefe zu tauchen, war ihr nicht geheuer. Sie war nach Whisperworld gekommen, ohne sich auch nur einmal über das klapprige Propellerflugzeug zu beschweren. Sie hatte die Tour durch den Dschungel gemeistert, die ungewohnten Situationen im Deepwood, auf dem Krokodilfluss und der *Humboldt* durchgestanden. Auch bei Dustlern, Haien und Moas war sie nicht komplett ausgeflippt. Allerdings hatten diese Begegnungen immer in der Luft oder an Land stattgefunden, wo man zumindest frei atmen konnte. Aber dieser Tauchgang ließ sie an ihrer Berufung zweifeln.
„Ich will unbedingt die Wesen tief unten im Meer sehen, aber ich habe Angst", gab sie zu.
Lady Poppy legte ihr den Arm um die Schulter. „Das brauchst du nicht, Coco. Du bist nicht mehr die Kleinste, die du zu Hause immer warst. Du bist stark und mutig."
Coco lächelte die Lehrerin dankbar an und ballte die Fäuste. Okay, sie würde das schaffen. Oder sie würde es zumindest versuchen.

Mohit presste die Hände aneinander. „Ohne meine Miracorns mache ich keinen Schritt und kein weiteres Abtauchen mehr. Ich hatte gehofft, sie wären bei den ersten Tauchgängen zu mir gekommen, aber sie waren nicht da. Ich will nicht noch tiefer in die Dunkelheit. Tut mir leid!"
Chuck sagte nichts, er war mit den Navigationsgeräten in der Unterwasserkugel beschäftigt, den Sextanten, Kompassen, Sanduhren und Seekarten, die überall herumlagen.
„Bisher gab es noch nicht eine Situation, in der Doc und die anderen Lehrer nicht auf uns aufgepasst haben. Das wird auch im Wasser nicht anders sein, wetten!?" Amy schlang ihren Arm um die Freundin und knuffte Mohit in die Schulter. „Ihr braucht ein bisschen mehr Gelassenheit! Das habe ich auch erst von Schildkröten und einem Finnwal lernen müssen. Lasst uns mal eine Weile hier sitzen und alles beobachten. Dann sehen wir weiter."
Enisa spähte durch die klaren Scheiben ins offene Meer. Sie räusperte sich lautstark. „Schaut mal vorsichtig nach draußen. Möglichst ohne hektische Kopf- oder Körperbewegungen!"

Die Chroniken von Whisperworld

Aufzeichnungen von Eleonor Noa

London, Dezember 2016

Irgendetwas stört mich an diesem Devin Dolor, mit dem ich das Forschungsprojekt über die mögliche Existenz fantastischer Tierwesen machen soll. Besser gesagt: machen muss, weil meine Zoologieprofessorin uns beide auf seinen Wunsch hin zusammengesteckt hat. Anfangs haben wir uns auch ganz gut unterhalten, und als wir für die Forschungsarbeit über Meerjungfrauen sprachen, erzählte ich blöderweise von der Sage der Aargonas. Natürlich habe ich extra betont, dass es nur eine Legende ist, aber dieser Typ … Er schien zu wissen, dass ich log. Er war fest davon überzeugt, dass die Aargonas existieren. Ich konnte sofort dieses Blitzen in Devins Augen sehen. Und jetzt werde ich das Gefühl nicht los, dass mich dieser Kerl nur noch aushorchen will … ich könnte mich ohrfeigen! Ich bin fast sicher, dass er heimlich in meinen Unterlagen gewühlt und meine Aufzeichnungen gelesen hat. Hoffentlich nichts über Whisperworld! Ich würde es mir nie verzeihen, wenn er durch meine Dummheit eine Ahnung von unserer geheimen Welt bekommen hätte. Ganz bestimmt werde ich nie mehr mit ihm zusammenarbeiten und seine Gesellschaft meiden. So ein übler Kerl …

Kapitel 13

Askaaid

Gebannt starrte Amy auf die beiden schmalen Gestalten mit den langen Haaren und den widderähnlichen Hörnern auf dem Kopf. Völlig unbekümmert glitten die beiden vor ihren Augen durchs Wasser, begleitet von einigen Meeresschildkröten.

Die Wasserwesen hatten Fischschwänze und menschenähnliche Oberkörper, die Arme endeten in dreifingrigen Händen mit Schwimmhäuten. Die Köpfe der Wesen allerdings hatten, bis auf die langen Haare, in denen sich Krebse und Muscheln verfangen hatten, nichts Menschliches, sondern erinnerten mit ihren Hörnern und den großen Augen eher an freundliche Insekten, die Kiemen in Wangenhöhe ähnelten denen von Haien.

„Wahnsinn!" Amy schlug sich beide Hände vor den Mund. „Dann haben mich meine Augen doch nicht getäuscht. Ich habe gedacht, dass ich mir die Wesen einbilde."

„Und ich habe gedacht, dass ihr mich für verrückt erklärt,

wenn ich erzähle, dass ich eins von ihnen beim Tauchen gesehen habe. Aber es ist wahr! Wenn meine Großmutter Leila das sehen könnte", wisperte Enisa. „Sie hat mir so oft Geschichten von sagenhaften Wesen erzählt."

Amy starrte durch das Fenster. Das da draußen waren eindeutig Nixen … wobei … was hieß eindeutig? Jedes Merkmal für eine Frau fehlte … also doch Wassermänner?

Inzwischen waren auch Coco, Chuck, Mohit und Paul zu den beiden Mädchen gestürmt und starrten nach draußen.

„Zwick mich mal", wies Chuck Paul an.

Das ließ Paul sich nicht zweimal sagen und langte ordentlich zu. „Autsch!" Chuck rieb sich empört über die Schulter.

„Gern geschehen." Paul grinste.

„Der Wissende weiß und erkundigt sich, aber der Unwissende weiß nicht einmal, wonach er sich erkundigen soll", murmelte Mohit fasziniert. „Jetzt weiß ich endlich, was dieses indische Sprichwort bedeuten soll. Ich habe absolut keine Ahnung, was da draußen gerade passiert."

Doktor Noa war zu den Mädchen und Jungen getreten und winkte den beiden Wesen zu. „Seid bitte freundlich. Das sind Aargonas. Fantastische Tierwesen wie die

Miracorns. Vor langer Zeit waren die Aargonas in allen Meeren der Welt zu Hause, aber die zunehmende Menge an Tauchern hat es ihnen nicht mehr möglich gemacht, verborgen zu bleiben. Außerdem haben sie …"

„Wieso müssen die sich denn verstecken?", unterbrach Chuck. „Wär doch voll cool, wenn man von ihnen wüsste." Er legte den Kopf schief und beäugte die Wasserwesen.

Max hob behutsam den Zeigefinger und deutete auf die Hörner der beiden. Sie glitten so elegant durch das Wasser, dass es eine Freude war, ihnen zuzusehen.

„Seht ihr die Hörner? Sie sind aus purem Gold und ein Vermögen wert. Es gibt jede Menge Berichte der Aargonas, wie Lebewesen aus ihrem Volk gefangen und ihnen die Hörner vom Kopf gerissen wurden. Seither haben sie, ganz zu Recht, Angst vor uns Menschen."

„Und warum kommen sie jetzt hierher und zeigen sich uns?", wollte Paul wissen.

„Mein Vater Pete hat sie bei einem seiner Tauchgänge entdeckt. Er hat ein Aargona, das sich in einem Netz verfangen hatte, gerettet und Freundschaft mit dem Volk geschlossen", erzählte Doktor Noa. „Daher haben ihn die

Aargonas um Hilfe gebeten, um zukünftig isoliert und als sogenanntes *unkontaktiertes Volk* leben zu dürfen. Im Grunde auch ein Artenschutz. Solche Völker gibt es überall auf der Welt, nicht nur in Whisperworld. Es bedeutet, dass sie so gut wie keine Verbindung zur Außenwelt haben möchten, um als Stamm oder Volk mit ihren Traditionen und ihrer Lebensweise weiterexistieren zu können. Meinem Vater war sofort klar, dass das für die besonderen Aargonas nur in Whisperworld möglich sein wird, deshalb hat er sie hierhergebracht und uns die Aufgabe übertragen, sie zu schützen."

„Aargonas sind übrigens das, was man heute als *divers* bezeichnen würde." Lady Poppy lächelte. „Sie sind weder Mann noch Frau. Meerjungfrauen wäre also ein etwas unpassender Ausdruck."

„Ihr müsst wissen, dass Aargonas die besten Freunde der Meeresschildkröten sind, deshalb werden sie ständig von ihnen begleitet. Tortuga hat mir berichtet, dass die Aargonas in großer Sorge sind. Aber das werden sie uns bald selbst erzählen." Doktor Noa warf einen Blick zu Silvester und zog skeptisch die Augenbrauen hoch. „Bist du bereit? Können wir hinab in die Tiefsee tauchen?" Und mit einem Blick auf Coco und Mohit: „Vertraut uns, bitte. Tethys ist sehr sicher, hier steckt modernste Technik drin. Und wir können jederzeit wieder auftauchen, wenn es euch zu viel wird. In Ordnung?"

Coco nickte und drückte die Hand von Amy, die sich neben sie gestellt hatte.

„Ich komme auf jeden Fall mit weiter runter. Und dann schauen wir mal ..." Mohit blickte tapfer in die Runde. „Die Aargonas will ich mir auch nicht entgehen lassen."

„Nehmt bitte auf einem der Stühle oder auf dem großen Sofa Platz und macht anfangs einen Druckausgleich", forderte Max. „Aber keine Sorge, im Inneren von Tethys ist es nicht wie beim Tauchen, sondern der höhere Druck wird durch den Körper der Kugel abgefangen. Entspannt euch!"

„Und die Meerjungfrauen ... also, die Wasserleute oder was auch immer?", fragte Amy.

Als hätten die Aargonas vor den Scheiben mitgehört, wirbelten sie nach den Worten von Max in rasendem Tempo Richtung Meeresboden. Und Tethys glitt langsam hinterher!

Riesige Wale waren durch das Kugelglas zu sehen, Haie

aller Arten, Krabben, Seepferdchen, kleine, dicke und dünne Fische aller Arten, Plankton.

„Jetzt sind wir da“, erklärte Doktor Noa, während sie alle Lichter anschaltete. „Willkommen in Askaaid.“

Vor den Augen der Mädchen und Jungen lag eine verborgene Welt in der Tiefsee!

Eine Unterwasserstadt, die von unbekannten Lichtquellen erleuchtet wurde und in allen Regenbogenfarben schimmerte.

Unzählige Aargonas in allen Größen und mit den immer gleichen goldenen Hörnern schwammen über eine Art Marktplatz, auf dem tangbewachsene Verkaufsstände aufgebaut waren, an denen Waren feilgeboten wurden.

Im Hintergrund schaukelte lilagrünes Seegras träge im Wasser, bunte Quallen und unzählige Meeresschildkröten schwappten zwischen den Buden.

Selbst aus der Entfernung von Tethys konnte Amy jede Menge ungewöhnliche pflanzliche Nahrungsmittel, kleine Muschelmesser und netzartige Beutel erkennen, die an den Marktständen angeboten wurden. Cocos Angst war längst einer großen Neugier gewichen, fasziniert drückte sie sich die Nase an der Scheibe platt.

Ringsherum ragten Häuser aus Stein in die Höhe, die meisten mit einem runden Dach, bewachsen von Korallen, Muscheln, schimmernden Algen oder Flechten und mit Dutzenden von Seesternen darauf.
Im Vergleich zu den Bauten in der Menschenwelt verfügte kein Haus in Askaaid über Türen oder Fensterscheiben, überall floss das Wasser hinein und wieder heraus. Auf den schmalen Bänken vor den Häusern saßen zahlreiche Aargonas, die in Gespräche vertieft zu sein schienen oder einfach nur den Moment genossen.
Über und neben ihnen schimmerten zahlreiche Lichtpunkte, die sich flink von einer Stelle zur nächsten bewegten.
„Wasser-Miracorns!", rief Mohit begeistert. „Meine Miracorns sind wirklich da. Unglaublich viele!"
Amy konnte Mohit ansehen, dass mit der Anwesenheit seiner Art jede Angst vor der Tiefsee von ihm gewichen war, und das freute sie.
„Is das ein Palast?" Chuck deutete auf ein beeindruckendes Gebäude, das mit roten Korallen besetzt war und über drei Stockwerke verfügte.
Rechts und links vom Eingang standen je zwei kämpferisch

aussehende Aargonas, die mit schweren Dreizacken ausgerüstet waren.

„Coole Waffen“, stellte Chuck fest. „Kenne ich aus dem Kino. Die muss ich mir ma aus der Nähe ansehn.“

„Bitte nicht, Chuck.“ Max runzelte die Stirn und fixierte Chuck. „Die Wächter wären sicher nicht begeistert, denn sie sind verpflichtet, den Palast zu schützen. Ihre Waffen sind die schärfsten und widerstandsfähigsten auf der ganzen Welt, denn sie stellen sie aus einer besonderen Metalllegierung her. Auch die kleinen Messer, die auf dem Markt verkauft werden, sind stark und unglaublich kraftvoll. Lass dich nicht von den Muscheln, Schnecken und Algen täuschen, die auf den Waffen zu sehen sind. Nähere dich nie einem Wächter, das könnte gefährlich werden!“

Doktor Noa straffte den Rücken. „Der Palast ist der Wohnsitz von Aari, dem Königlichen Wesen von Askaaid.“

„Seht ihr die Felder hinter dem Markt und den letzten Häusern?“ Max deutete auf eine riesige Fläche wogender Grünpflanzen. „Dort züchten die Aargonas Algen als Nahrungsmittel, auch für uns Menschen. Mithilfe von Tethys könnten wir die Algen in großen Mengen transportieren, wenn es so weit ist. Ein weiteres spannendes und nachhaltiges Forschungsprojekt in Whisperworld."

Lady Poppy pfiff auf den Fingern. „Alle mal herhören! Folgt mir zu den Taucherausrüstungen, wir wollen Askaaid einen Besuch abstatten. Und wenn ihr euch nicht wohlfühlt, gebt mir ein Zeichen, dann kehre ich mit euch zur Unterwasserstation zurück."

Silvester hob den Zeigefinger. „Bitte zeigt euch von eurer besten Seite und steckt bloß nichts ein, keine Steine, Muscheln oder Sonstiges. Das mögen die Aargonas gar nicht."

Coco war die Erste, die hinter Lady Poppy und den anderen Lehrern zur Tauchschleuse marschierte. Sie schien mit einem Mal völlig verwandelt zu sein.

„Amy?" Coco strahlte. „Ich … ich bin so aufgeregt! Das ist einer meiner schönsten Momente in Whisperworld."

Mit fliegenden Fingern zogen Amy und Coco ihre Taucherausrüstung an.

„Wir treffen uns in einer halben Stunde wieder hier!", ermahnte Silvester die Truppe. „Doc, Poppy und ich werden Aari, das herrschende Wesen von Askaaid, besuchen. Wir sehen uns!"

Minuten später schwamm Amy mit Coco durch die Unterwasserstadt Askaaid und kam aus dem Staunen nicht mehr heraus. Niemals zuvor hatte sie freundlichere Lebewesen als die Aargonas erlebt, und zu ihrem Erstaunen schienen die Wasserwesen sie besonders ins Herz geschlossen zu haben. Ständig verneigte sich ein Aargona vor ihr oder winkte ihr zu. Amy konnte es sich nur damit erklären, dass sie sich um die Wasserschildkröten gekümmert hatte. Und die waren schließlich auch die Freunde der Aargonas. Vielleicht wurde sie Tierflüsterin der Schildkröten?

Einige Aargonas begleiteten sie und Coco durch die Stadt. Sie präsentierten ihnen die Gebäude und tauschten bei den Marktleuten Perlen gegen viele Köstlichkeiten, die sie Amy und Coco in den netzartigen Algenbeuteln mitgaben.

Amy fielen die zahlreichen schwer bewaffneten Wächter auf, die überall in Askaaid postiert waren. Rechneten die Aargonas mit einem Angriff?

Paul und Mohit tauchten gemeinsam durch die Unterwasserstadt, Chuck hatte sich von ihnen getrennt und machte sich lieber allein auf den Weg durch Askaaid. Doktor Noa, Silvester, Lady Poppy und Max verschwanden sofort im Palast und bemerkten nichts von Chucks Alleingang. Sie kamen erst nach etwa einer halben Stunde zurück und trafen sich mit den anderen wieder bei Tethys. Als alle die Schleuse und den Trockenraum verlassen hatten und wieder frei atmen konnten, holte Doktor Noa tief Luft.

„Aari hat uns beunruhigende Neuigkeiten erzählt. Menschen sind wohl nicht nur auf unsere Unterwasserstation, sondern möglicherweise auch auf die Aargonas aufmerksam geworden. Sie haben versucht, in Tethys einzubrechen. Und als das nicht geklappt hat, hat ein Mensch wohl wütend das Schild von Tethys abgerissen." Sie senkte den Blick. „Wir müssen vermuten, dass sie mit Tethys ins Reich der Aargonas eindringen wollten."

Man hätte eine Stecknadel fallen hören können, so still war es plötzlich. Nur Chuck fummelte ununterbrochen und raschelnd an seiner Hose herum.

Als Max ihm einen Blick zuwarf, beobachtete er, wie Chuck etwas in seiner Hosentasche verschwinden ließ. Der Lehrer kniff die Augen zusammen. Hatte Chuck etwa entgegen den Regeln etwas aus Askaaid mitgenommen?

„Doc?“ Coco hob die Hand. „Wie konntet ihr euch mit Aari unterhalten? Also … ihr konntet doch nicht unter Wasser sprechen?“

Silvester grinste. „Da hast du recht, Coco. Es gibt in Aaris Palast einen Besprechungsraum, der nur hüfthoch mit Wasser gefüllt ist. So können wir uns unterhalten.“

Mohit legte den Kopf schief. „Aber wie kann Aari da drin atmen? Das Wesen ist doch ein … na ja … also, ein Fisch?“

„Du hast recht, es ist ein Kiemenatmer, kann aber auch für kurze Zeit Luft atmen“, mischte sich Lady Poppy ein. „Das ist die Besonderheit der Aargonas.“

Amy seufzte. „Ich hätte Aari zu gern auch mal gesehen. Sieht es aus wie ein König aus einem Film?“

„Schaut einfach selbst nach“, gab Doktor Noa zurück. „Ihr könnt Aari durchs Fenster sehen.“

Neugierig liefen alle zu den Scheiben und spähten nach draußen. Dort stand ein schillerndes Meerwesen und winkte ihnen mit seinem Dreizack zu. Die goldene Waffe war mit Edelsteinen besetzt und wirkte ausgesprochen respekteinflößend. Im Gegensatz dazu war sein Gesichtsausdruck offen.

„Aari freut sich, dass wir da sind“, erklärte Doktor Noa.

Silvester runzelte die Stirn. „Das königliche Wesen hat von Fischern berichtet, die Netze im Nachtblauen Meer ausgeworfen haben. Sie wurden begleitet von aggressiven Fangzahnfischen. Sie haben die begehrten Blauflossenthunfische mit Netzen gefangen, aber auch zahlreiche Meeresschildkröten. Die Aargonas haben einige Netze in den tieferen Regionen des Nachtblauen Meeres unbrauchbar machen können. Daraufhin seien die Boote wieder verschwunden. Aber das letzte große Netz hat dieser Trupp einfach im Meer gelassen. Eine große Gefahr für alle Tiere! Die Aargonas haben sich nicht getraut, die Netze zu suchen und zu bergen. Sie hatten zu viel Angst, entdeckt zu werden."

Doktor Noa nickte. „Später hat Aari sogar erfahren, dass die Taucher es vor allem auf die Aargonas selbst abgesehen hatten. Eine Horde von Delfinen hatte die Taucher bei Gesprächen auf ihrem Boot belauscht. Wer auch immer das geheime Volk hier im Nachtblauen Meer aufgespürt hat, er wollte ihre goldenen Hörner, das ist klar. Die Netze waren also vor allem für Aargonas bestimmt!"

Silvester sah in die Runde. „Und deshalb werden wir, werdet ihr Tierflüsterer gebraucht. Wir müssen das frei umherschwimmende Netz finden. Es ist eine tödliche Gefahr. Die Aargonas wünschen sich mehr Schutz, denn sonst kann es sein, dass bald kein Frieden mehr in dieser wundervollen Unterwasserwelt von Whisperworld herrscht!“

Kapitel 14

Die Prüfung

In den frühen Morgenstunden des nächsten Tages stand Paul am Ufer des Atolls, verlagerte das Gewicht von einem auf das andere Bein und sah auf die riesigen Wolken, die sich am Horizont ballten.
Eine dunkle Front türmte sich über dem Meer auf. Der Wind, der sich schon in der Nacht angekündigt hatte, wurde kräftiger, ein Sturm zog auf. Nicht unbedingt das beste Wetter, um tauchen zu gehen.
Paul starrte aufs Wasser. Ob sein Freund Akula ihn vergessen hatte? Nervös biss er sich auf die Unterlippe. Erst als die Rückenflosse zu sehen war, entspannten sich seine Züge.
„Er wartet da draußen." Er sog scharf Luft ein und wandte sich an Enisa, die neben ihm in ihren Taucheranzug schlüpfte. „Mein Hai. Ich dachte schon, er kommt nicht."
„Du machst dir zu viele Gedanken", gab Enisa knapp zurück.

„Wahrscheinlich. Das mit dem Bauchgefühl kriege ich immer noch nicht ganz hin." Paul nickte. „Aber mit Akulas Hilfe habe ich keine Sorge mehr, dass wir die Prüfung nicht schaffen."

Die Prüfung.

Am Abend zuvor waren die Mädchen und Jungen lange wach geblieben, hatten sich über ihre Erlebnisse in Askaaid, über die Aargonas und über die Eindringlinge in Whisperworld ausgetauscht. Vor allem aber hatten sie über ihre nächste Prüfung gesprochen, an der auch Chuck wieder teilnehmen würde.

Zu seiner eigenen Überraschung freute sich Paul sehr darüber, denn auch wenn Chuck immer den Coolen gab, so war er doch sein Kumpel. Ohne ihn war das Team einfach nicht komplett.

Silvester hatte die Idee, dass das Bergen des verloren gegangenen Netzes ihre nächste Prüfung werden könnte. Dazu mussten sie unter Wasser als Team zusammenarbeiten. Alles, was sie bisher in Whisperworld gelernt hatten, sollten sie einbringen. Silvester, Lady Poppy, Max und Doktor Noa würden das Netz beseitigen, nur das Finden sei Aufgabe der Tierflüsterer. Dazu sollten sie im

Team eine Strategie entwickeln und einen Gruppenleiter bestimmen, ohne den ein solcher Tauchgang nicht möglich sein würde. Meeresschutz direkt vor Ort sollten Amy, Coco, Chuck, Enisa, Mohit und Paul leisten. Genau die richtige Aufgabe für echte Tierflüsterer.
In der Theorie hatten es auch alle begriffen und die Prüfung für machbar erklärt. Doch nun standen Amy, Coco, Chuck und Mohit neben Paul und Enisa vor dem Nachtblauen Meer und sahen beunruhigt zum Horizont.
Doktor Noa trat zu ihnen. „Ihr wisst, dass wir euch in Whisperworld zu keiner Zeit in echte Gefahr bringen wollen. Deshalb werden Tortuga und Chiko euch begleiten und euch helfen. Für den Notfall stehen natürlich auch die Aargonas und wir Lehrer bereit."
Coco seufzte. „Gestern, in Askaaid, habe ich mich beim Tauchen richtig wohlgefühlt. Heute ist das anders."
„Muffensausen", sagte Chuck. „So nenne ich das."
„Muffensausen, Muffensausen", echote Lola, die ihre Kreise über der Gruppe zog.
Amy blitzte Chuck an. „Ach, hast du etwa keine Angst?"
Chuck schüttelte den Kopf, aber das Zittern seiner Hände sprach eine andere Sprache. „Na ja … 'n bisschen."

Paul nickte seinen Freunden aufmunternd zu. „Mein Hai ist gekommen. Ich glaube, er wird uns helfen."

„Pfff." Chuck schnaubte. „*Dein* Hai."

Silvester verschränkte die Arme vor der Brust. „Der Sturm zieht erst mal in eine andere Richtung, das sehe ich an den Wolken. Unter Wasser kriegt ihr rein gar nix davon mit."

„Hoffentlich …", flüsterte Amy mit einem Blick auf den schwarzen Himmel.

„Die Arbeit eines Tierflüsterers ist nicht immer leicht", gab Lady Poppy zu. „Aber sie ist wichtig! Diese herrenlosen Fischernetze, von denen Aari erzählt hat, nennt man Geisternetze. Sie sind eine große Gefahr für alle Meeresbewohner, weil sie endlos weiterfischen. Robben, Wale, Meeresschildkröten, aber auch Haie und viele andere Fische bleiben in ihnen hängen und verenden kläglich. Viele Geisternetze verfangen sich an Wracks oder liegen am Grund des Meeres, wo sie sich langsam in winzige Plastikfasern auflösen. Und die tragen nicht nur zur Verschmutzung der Meere bei, sondern werden auch noch von vielen Meerestieren für Nahrung gehalten."

„Wir hoffen, dass Fischernetze bald nur noch aus abbaubaren Materialien bestehen. Aber noch ist das leider nicht so", ergänzte Max. „Stellt euch mal vor, so ein Netz am Meeresgrund verrottet erst nach vierhundert bis sechshundert Jahren! Und in unseren Ozeanen bleiben jährlich bis zu eine Million Tonnen dieser Fischernetze zurück. Millionen von Meerestieren sterben jährlich darin. Ist das nicht unvorstellbar grausam?"

Lola stieß einen schrillen Pfiff aus, als würde ihr der Gedanke an die Tiere selbst Schmerzen bereiten.

„Ich könnte mir vorstellen, dass die Strömung das Netz Richtung Riff getrieben hat, weg von Askaaid", hatte Doktor Noa gesagt. „In diesem Bereich ist das Wasser nicht ganz so tief, dort solltet ihr als Erstes nachsehen. Vielleicht gibt es sogar mehr als ein Netz, wer weiß?"

Silvester und Lady Poppy wollten in der Zeit, in der die Mädchen und Jungen abtauchten, mit dem schnellen Beiboot nach möglichen Fischern oder anderen Menschen Ausschau halten, die in die Schutzzone von Whisperworld eindringen wollten.

Wenn die Tierflüsterer das Geisternetz geortet hatten, würden Doktor Noa und Max mit der *Humboldt* zur Stelle fahren, um es zu holen und zu bergen.

„Bitte schneidet auf keinen Fall selbst an den Strängen

herum, wenn ihr das Geisternetz gefunden habt", mahnte Silvester. „Es könnte sich lösen, ihr könntet euch darin verheddern und in große Gefahr bringen. Wartet auf uns, wir finden euch. Im Meer gibt es genug Tiere, die uns Bescheid geben, wo ihr seid." Er sah die Gruppe aufmunternd an. „Ihr schafft das!"

„Seid ihr fertig?" Amy stand hüfthoch im Wasser, trug schon ihre Taucherflasche und hielt Schnorchel und Atemregler bereit. „Sehe ich nicht ein bisschen wie ein dicker schwarzer Tanzbär aus?" Sie tänzelte im Wasser, stolperte über ihre eigenen Flossen und konnte sich gerade noch halten, bevor sie umgefallen wäre.

„Typisch Amy!" Chuck lachte glucksend. „Du schaffst es echt immer, einen zum Lachen zu bringen."

„Danke schön." Amy verbeugte sich theatralisch.

„Okay, ich bin fertig!", rief Coco.

„Ich auch", sagte Mohit. „Wer von uns schwimmt eigentlich voraus?"

„Was dagegen, wenn ich die Führung übernehme?" Paul sah in die Runde. Er wusste zwar, dass er sich in dieser Funktion schon einige Male bewährt hatte, rechnete aber dennoch mindestens mit Chucks Widerspruch.

„Is mir egal, du hast es doch schon ein paarmal ganz gut hingekriegt. Und ich will nur tauchen", gab Chuck zurück. „Und zwar schnell. Hab keinen Bock auf Sturm und hohe Wellen."

Paul hob den gestreckten Daumen. „Dann würde ich vorschlagen, dass wir in relativ großen Abständen, aber in Sichtweite und etwa zwei Meter unter der Oberfläche tauchen. So können wir an möglichst vielen Stellen suchen. Ich verlasse mich also darauf, dass alle auf meine Kommandos hören." Er sah noch einmal in die Runde, doch es gab keine Widerworte. „Okay, jetzt müssen wir allerdings erst mal so richtig ins offene Meer. Also los!"

Kaum war die Gruppe im Wasser, stießen der Rochen Chiko und die Meeresschildkröte Tortuga dazu. Tortuga paddelte zielstrebig in Amys Nähe, zupfte an ihrem Ärmel und flüsterte ihr etwas zu.

„Tortuga hat gesagt, dass gleich flinke Helfer kommen, an denen wir uns festhalten können", gab Amy die Botschaft der Meeresschildkröte weiter. „Oh Mann, seht doch, da sind sie!"

Etliche Tümmler sausten auf die Gruppe zu. Durch schnelle Schläge mit dem Schwanz holten sie Schwung, schossen aus dem Wasser, drehten sich in der Luft mehrmals um die eigene Achse und tauchten wieder unter. Erst nach einigen Sprüngen glitt jeweils ein Delfin neben Amy, neben Coco, Chuck, Enisa und Mohit.

Paul hatte mittlerweile schon eine andere Begleitung. Akula, der Schwarzspitzen-Riffhai, bot dem Jungen ebenfalls seine Rückenflosse an, damit er sich daran festhalten konnte.

Paul musste nicht lange überlegen, er verließ sich einfach mal auf sein Bauchgefühl. Und das sagte ihm, dass er Akula bedingungslos vertrauen konnte.

Mit ihrem persönlichen Antrieb gelang es den Mädchen und Jungen, ziemlich flott voranzukommen. Und dann gelangten sie an eine Stelle, an der Chiko mit einem Mal abtauchte. Die Tierflüsterer folgten. Mit der Anwesenheit der Delfine und des Hais war es für Amy, Coco, Chuck, Enisa, Mohit und Paul nun kein Problem mehr, vom klaren türkisfarbenen Wasser in das Dunkelblau des tieferen Ozeans zu tauchen.

Zunächst konnten sie nicht viel erkennen, doch plötzlich war es, als hätte jemand einen Schalter betätigt und das Licht unter Wasser angeknipst. Hunderte von Wasser-

Miracorns, die sich vor allem um Mohit tummelten, strahlten mit ihren schimmernden Schwimmflügeln.
Paul hatte sich von Akula gelöst, ebenso wie die anderen Jungen und Mädchen von ihren Zugtieren. Nach Pauls Tauchzeichen verteilten sich alle, kamen wieder zusammen, schwammen weiter und trafen sich erneut.
Die Zeit verging. Doch außer Algen, Korallen, Unmengen von Fischen, viel Sand und jeder Menge Haien, die die Gruppe aus der Entfernung zu beobachten schienen, konnten Amy, Coco, Chuck, Enisa und Paul nichts finden. Mohit allerdings war durch das starke Licht der Wasser-Miracorns ein ungewöhnliches Glitzern an einem Unterwasserfarn aufgefallen. Als er sich die Pflanze aus der Nähe ansah, entdeckte er, dass sich ein Armband an ihr verheddert hatte. Ein silbernes Schmuckstück mit einer schmalen Platte, in die etwas eingraviert war. Behutsam zog Mohit es vom Farn und stopfte es in eine Tasche seines Taucheranzugs. An Land würde er sich das Armband näher ansehen.
Als Mohit zur Gruppe zurückkehrte, gab Paul das Zeichen zum Auftauchen. An der Wasseroberfläche nahm er den Atemregler aus dem Mund.

„Kein Geisternetz weit und breit. Was machen wir? Aufhören? Dann hätten wir die Prüfung nicht geschafft."
„Kommt gar nicht in die Tüte!", knurrte Chuck. „So schnell geb ich nich auf."
Amy schüttelte den Kopf. „Da unten war eine Stelle, an der viele Meeresschildkröten geschwommen sind. Klingt blöd, aber ich glaube, sie wollten mir etwas zeigen."
„Okay, dann folgen wir dir, Amy", meinte Paul. „Alle einverstanden?"
Jeder in der Gruppe nickte, bei Chuck war es nur eine leichte Kopfbewegung, aber gemeinsam tauchte das Team wieder ab und folgte Amy, in deren unmittelbarer Nähe Tortuga schwamm.
Die Delfine und Akula waren so lieb, die Tierflüsterer wieder zu begleiten. Es dauerte eine Weile, bis sie die Stelle erreicht hatten, von der Amy gesprochen hatte.
Unter einem Gewirr von Schildkröten, die hier ihre Runden drehten, lag ein Schiffswrack, kaum zu erkennen, weil es teilweise von Sand bedeckt und mit Algen überwuchert war.
Der Rumpf, Mast, Ruder und die Ruderbänke waren noch recht gut erhalten.

Nur dank der Wasser-Miracorns, die auf Mohits Zeichen hin mit ihren schimmernden Körpern so dicht wie möglich um das Wrack wirbelten, entdeckte die Gruppe es schließlich: das Geisternetz, das sich am Bug des Schiffes verfangen hatte und in dessen schwebenden Teilen gerade eine Wasserschildkröte um ihr Leben kämpfte.
Auch ohne ihre Notizbücher stellte Coco sofort fest, dass es sich um eine Karettschildkröte handelte. Ihr schmaler Kopf, der an einen Raubvogel erinnerte, steckte zwischen den verwobenen Schnüren, ihr Körper mit dem schwarzbraunen, gefleckten Panzer zuckte schwach. Coco konnten den Anblick des gefangenen Tieres kaum ertragen. Wahrscheinlich wollte sich die Schildkröte von den Kleintieren ernähren, die sich im Netz verfangen hatten, und war nun selbst zum Opfer geworden. Coco schüttelte verzweifelt den Kopf. Erst ein paar Tage zuvor hatte Lady Poppy ihnen erklärt, dass diese Tiere vom Aussterben bedroht waren.
Beim Anblick der Karettschildkröte wurde auch Amy flau im Magen. Deshalb hatten die anderen Meeresschildkröten sie hierhergeführt!
Sie warf einen Blick zu Paul, der zunächst das

Tauchzeichen gab, dass alles okay sei, danach gab er das Signal zum Auftauchen. Jetzt sollten sie möglichst schnell Silvester und Max Bescheid geben, damit sie dem Tier zu Hilfe eilen konnten. Noch lebte die Meeresschildkröte, es war also Eile geboten. Doktor Noa musste sofort hierher abtauchen und das Tier befreien.

In diesem Moment bemerkte Coco, wie Chuck auf einmal ein kurzes Messer mit einer breiten Schneide in der Hand hielt und damit auf das Wrack zu tauchte. Paul schüttelte mehrfach den Kopf, gab mit dem Daumen immer wieder das Zeichen zum Auftauchen, doch Chuck ließ sich nicht davon abhalten.

Amy zeigte ihm aufgeregt den Vogel, Mohit winkte, damit Chuck wieder umdrehte. Erfolglos.

Zum wiederholten Mal ignorierte Chuck die gemeinsamen Abmachungen.

Nervös beobachtete die restliche Gruppe, wie Chuck am Geisternetz säbelte, wie sich mit seinen hektischen Bewegungen und dem ständigen Zug am Netz auch das Wrack auf einmal bewegte. Immer wieder überlegten Amy, Coco, Mohit und Paul, ob sie Chuck zu Hilfe eilen sollten, aber einerseits wollten sie sich an die Regeln halten, andererseits sah Chucks Unterfangen mehr als gefährlich aus! Schon ging ein Ruck durch das versunkene Schiff, Sand perlte vom Deck des Wracks auf den Meeresboden, Holz splitterte, der Mast bewegte sich wie von Geisterhand.

Dann ging alles rasend schnell: In Pauls Kopf spulte plötzlich ein Film ab, die Reportage über einen Taucher, der wegen seiner Unvorsichtigkeit unter einem Schiffswrack begraben worden war. Paul sah mehrere Dinge gleichzeitig. Den Film in seinem Kopf und Chuck, der von der drohenden Gefahr nichts mitbekam. Ohne auf seine eigene Sicherheit zu achten, schwamm Paul, so schnell er konnte, auf Chuck zu, gleichzeitig schoss Akula hinter Paul her, drängte seinen Körper so neben den Jungen, dass er nach der Rückenflosse des Hais greifen konnte. Gerade als es Chuck gelungen war, die Stränge so aufzuschneiden, dass die Schildkröte befreit war, legte sich das Wrack auf die Seite und hätte Chuck unter sich begraben, wenn Paul ihn nicht geistesgegenwärtig an seinem Taucheranzug gepackt hätte. Akula drehte um und zog die beiden Taucher hinter sich her, zurück zur Gruppe.

Mit zittrigen Fingern steckte Chuck sein Messer wieder ein und gab das Okay-Zeichen, als wäre nichts geschehen. Erst dann tauchten Amy und Coco, Chuck, Enisa, Mohit und Paul gemeinsam auf. Keiner verlor ein Wort darüber, was gerade unter Wasser geschehen war.
Noch nicht. Nicht in diesem Moment.
Paul biss sich auf die Unterlippe, während er seine Taucherbrille von den Augen schob und den Schnorchel aus dem Mund nahm. Am liebsten hätte er Chuck angebrüllt, ihm eine gescheuert oder auf irgendeine andere Art und Weise reagiert. Aber er war einfach nur sprachlos. Was da gerade beinahe passiert wäre … Unglaublich. Außerdem verriet ihm sein Bauchgefühl, dass das letzte Wort zu diesem Zwischenfall noch nicht gesprochen war.
„Hier sind wir, hier drüben!", rief Mohit, als alle an der Oberfläche dümpelten.
Er hatte die *Humboldt*, auf der Doktor Noa und Max nach ihnen Ausschau hielten, sofort entdeckt. Lola flog den Mädchen und Jungen entgegen, kreiste erleichtert über der Gruppe und schwebte wieder zum Schiff zurück.
Mit leise tuckerndem Motor glitt die *Humboldt* auf die Taucher zu. Max faltete die Aluminiumleiter am Heck

auseinander und reichte jedem die Hand, damit die Mädchen und Jungen aufs Schiff klettern konnten. Erschöpft ließen sich Amy, Coco, Chuck, Enisa, Mohit und Paul an Bord helfen und schälten sich aus ihren Taucheranzügen.

„Habt ihr das Geisternetz gefunden?“, fragte Doktor Noa.

Paul nickte. „Da unten ist ein Wrack, ziemlich gefährlich, das Netz hat sich am Bug verheddert.“

„Gut gemacht, Tierflüsterer!“ Max warf sofort eine Boje ins Wasser, um die Stelle zu markieren.

Doktor Noa lächelte. „Prüfung bestanden. Ich bin stolz auf euch!“

Amy, Coco, Enisa, Paul und Mohit war nicht wirklich wohl bei dem Gedanken, dass sie ihren Lehrern nicht die ganze Wahrheit sagten. Aber keiner von ihnen wollte Chuck in diesem Moment verpfeifen. Sie waren in der Zwickmühle!

Um keine Zeit zu verlieren, schlüpften die beiden Lehrer in ihre Taucherausrüstung, nahmen Messer und aufblasbare Ballons mit, um das Netz damit an die Oberfläche zu befördern.

„Ich hab sogar ’ne Schildkröte rausgeschnitten, die sich

darin verfangen hatte", platzte es aus Chuck heraus, als Doktor Noa und Max gerade ins Wasser steigen wollten.
Max musterte ihn. „Ihr solltet das Netz doch nicht anfassen. Und mit was hast du sie herausgeschnitten? Wir hatten euch extra kein Werkzeug mitgegeben."
Chuck schwieg, dafür färbten sich seine Wangen knallrot.
„Das klären wir später", drängte Doktor Noa.
„Wir müssen das Netz holen. Und dann sollten wir dringend mit Ugum sprechen. Sehr dringend!"
Während Paul sich Gedanken darüber machte, wer oder was *Ugum* sein könnte, und Chuck sich ärgerte, dass ihm die Sache mit der Karettschildkröte rausgerutscht war, gönnten sich Amy, Coco und Enisa ein ausgiebiges Schläfchen unter Deck. Sie waren völlig erschöpft.
Doktor Noa und Max tauchten indessen in die Tiefe.
Vorsichtig trennten sie das Geisternetz vom Schiffswrack ab und ließen es mit den Ballons an die Oberfläche schweben. Dort holte Chuck es ungefragt ein und packte es in eine Kiste, die Max bereitgestellt hatte.
Er hatte ein ziemlich schlechtes Gewissen.
„Können wir reden?", empfing Chuck die beiden Taucher, noch bevor sie aufs Boot gestiegen waren.

„Später“, meinte Max kurz angebunden. „Das lässt sich nicht zwischen Tür und Angel regeln, dazu brauchen wir Zeit.“

„Darf ich denn noch schnell was zeigen, Doc?“, fragte Mohit.

Doktor Noa seufzte. „Was denn?“

Mohit fischte das silberne Armband aus seiner Tasche. „Das hing an einem Farn, ich glaube, es ist ein Name eingraviert.“ Mohit kniff die Augen zusammen. *„Devin Dolor“*, las er laut vor und legte das Armband auf seine ausgestreckte Hand. „Das hat dieser Devin wohl beim Tauchen verloren. Vielleicht ist er einer von den fiesen Kerlen, die es auf die Aargonas abgesehen haben.“

Paul registrierte, wie sich der Gesichtsausdruck von Doktor Noa schlagartig veränderte.

„Devin“, flüsterte sie.

Mit zitternden Fingern griff sie nach dem Schmuckstück, strich einmal über die Gravur und stopfte das Armband dann beinahe angewidert in die Tasche ihres Taucheranzugs.

Mohit senkte den Kopf. Hatte er einen Fehler begangen? Jeder an Bord konnte spüren, dass Doktor Noa der eingravierte Name bekannt war. Jedem war auch sofort klar, dass es sich bei Devin Dolor nicht um einen Freund handelte.

Wie aus einer Trance erwacht, schüttelte Doktor Noa den Kopf. „Alles gut, Mohit." Und an Max gewandt: „Wir sollten aufbrechen."

Eilig ließ Max den Motor der *Humboldt* an. Sie fuhren eine kurze Strecke und steuerten dann an einen Teil des Riffs, an dem scharfkantige Felsen steil aus dem Wasser ragten. Hier spritzte die Gischt beinahe schiffshoch und mächtige Wellen brachen sich an den Steinen.

„Wir sind da", stellte Doktor Noa fest. „Wir sollten ihn rufen, Max. Er ist der Einzige, der die Aargonas ausreichend schützen kann."

„Weiß er Bescheid?", fragte Max.

„Havur hat einigen Kragenhaien, die in derselben Tiefe wie Ugum unterwegs sind, Bescheid gesagt." Doktor Noa seufzte. „Er wird die Ankunft unseres Bootes bemerken. Ich bleibe am Steuer, du weckst unsere Tierflüsterer."

Auf Doktor Noas Anweisungen hin versammelten sich alle am Heck der *Humboldt.* Jeder trug eine Rettungsweste und einen Sicherheitsgurt, der fest am Schiff eingehakt war. Es war eine beinahe gespenstische Stimmung, die vom Heulen des Windes und der schwarzen Wand am Horizont noch unterstrichen wurde. Jeden Moment könnte ein Sturm auf sie zurasen.

„Unter uns ist die tiefste Stelle im Nachtblauen Meer", erklärte Max.

Paul schauderte leicht, ließ sich aber nichts anmerken, weil Chuck so aufrecht neben ihm stand, als würde ihm weder Sturm noch Meerestiefe etwas ausmachen. Mit beiden Händen hielt er die Reling umklammert.

Wie der Atem eines Ungeheuers rollten mit einem Mal gewaltige Wellen über das Meer, das Boot begann zu schaukeln und vor dem Bug bildeten sich sprudelnde Schaumkronen. Das Wasser teilte sich und ein Kopf mit zwei riesigen Augen, gefolgt von einem gigantischen, sackartigen Körper, schraubte sich in die Höhe.

Hellbraun war er, mit einem marmorierten Muster. Das Schrecklichste aber waren die acht Fangarme, die sich zuckend im oder über dem Wasser bewegten. Und obwohl sich der größte Teil des Tieres noch im Nachtblauen Meer verbarg, war das Stück, das herausragte, schon so groß wie die *Humboldt*!

„Ein Riesenkrake!", schrie Mohit.

„Oh. My. God", presste Amy hervor und drückte sich an Coco.

Fassungslos starrte Paul das Tier an und griff nach Enisas Hand. Chuck schlug die Hände vors Gesicht.

Tastend schoben sich zwei der Fangarme auf die Gruppe an Deck zu. Jeden Moment konnten sie nach jemandem greifen …

Doch inzwischen waren die Lehrer direkt hinter die Mädchen und Jungen gerückt und legten ihnen beruhigend die Hände auf die Schultern.

„Whisperworld ist ein magischer Ort. Mensch und Tier oder Tierwesen leben hier in friedlicher Gemeinschaft", flüsterte Doktor Noa. „Ich hatte euch gesagt, dass ihr hier uralte Geheimnisse erfahren und unglaubliche Abenteuer erleben werdet. Dieser Krake heißt Ugum. Er ist unser Freund."

Die Chroniken von Whisperworld

Aufzeichnungen von Pete Noa

Im Deepwood, Juni 1970

Was für eine Zwickmühle, in die mich meine Stellung als Schulleiter in Whisperworld führt.

Eigentlich bin ich gegen starre Strukturen, bin gegen den Vietnamkrieg und so viel mehr auf die Straße gegangen. Und jetzt sitze ich hier und entwerfe Regeln für das Zusammenleben an diesem magischen Ort. Ein Regelwerk!

Aber es geht nicht anders, aus Erfahrung wird man doch klug, auch wenn mir Regeln in höchstem Maße widerstreben.

Wieder haben sich zwei Schüler während einer Prüfung in höchste Gefahr gebracht, weil sie sich nicht als Gruppenmitglieder verstanden haben. Ihnen fehlte der Teamspirit. Ich bin gespannt, ob sie ihn noch lernen.

Ohne Regeln können wir die Tiere und unsere Umwelt nicht in dem Maß schützen, wie wir es uns vorgenommen haben. Auch im Tierreich gibt es klare Abmachungen und Organisation. Regeln setzen Grenzen, wohl wahr, aber sie vermitteln innerhalb dieser Grenzen auch Zuverlässigkeit und Klarheit. Sie geben Halt, fördern die Selbstständigkeit und, daran musste auch ich mich erst gewöhnen, erleichtern das Leben miteinander.

Handeln statt Reden, das muss wohl die Devise sein, sonst geht es nicht.

Deshalb habe ich beschlossen, dass es die Möglichkeit geben muss, angehende Tierflüsterer, die nicht im Sinne der Gruppe handeln und vielleicht sogar dem Wohl der Tiere schaden, wieder zurückzuschicken.

So leid es mir tut …

Kapitel 15

Riskanter Alleingang

Chuck saß im gleißenden Morgenlicht am Rand der blauen Lagune, ließ Sand durch seine Finger gleiten und wartete. Max hatte ihn um ein Vieraugengespräch gebeten, hier wollten sie sich treffen.

Lieber wäre es Chuck gewesen, er hätte schon am Abend nach der Prüfung und dem Gespräch mit Ugum mit Max oder Doktor Noa reden können, doch dazu war keine Zeit mehr gewesen und Doktor Noa hatte jede Unterhaltung abgeblockt. Fast zwei Stunden hatte sie auf den Kraken eingeredet, damit das scheue Tier sein dunkles Versteck aufgab und sich näher bei den Aargonas ansiedelte.

Mit Erfolg.

„Ob ich jetzt auch so geschickt verhandeln kann?", flüsterte Chuck einem winzigen grünen Käfer zu, den er gerade mit einer Portion Sand in der Hand hielt. „Okay, ich hab Mist gebaut, aber die sollen sich mal nicht so anstellen. Kann jedem mal passieren … oder was denkst du?"

Der Käfer wippte mit seinen Fühlern, brummte kurz und breitete dann seine Flügel aus. Schwups, weg war er.
„Na, danke." Chuck bohrte seine Zehen in den Sand. „Früher konntet ihr Käfer nich nahe genug bei mir sein, jetzt haut ihr einfach ab. Bin ich euch nich mehr gut genug zum Reden? Oder seid ihr beleidigt, weil ich nich unbedingt euer Tierflüsterer sein will?"
„Wäre das ein Wunder?" Max war hinter ihn getreten und ließ sich nun im Sand nieder, die Füße streckte er ins lauwarme Wasser der Lagune. „Du willst nicht der Flüsterer der Käfer sein, das haben sie auch schon mitgekriegt. Du willst dich aber auch nicht an Regeln halten, beispielsweise an die Anweisung, dass ihr das Geisternetz nicht anfassen solltet. Wie hast du es eigentlich durchgeschnitten?"
Chuck zog ein mit Muscheln besetztes kurzes Messer mit einer breiten Schneide aus seiner Hosentasche hervor und wischte sich mit dem Handrücken den Schweiß von der Stirn. „Ich … äh … es lag einfach so auf dem Boden an einem Marktstand in Askaaid. Muss dem Händler wohl runtergefallen sein und ich … äh … ich habs aufgehoben."
„Und eingesteckt." Max beugte sich nach vorn, schöpfte

mit seinen Händen etwas Wasser und befeuchtete damit sein Gesicht. „Ich glaube, ich hatte mehr als deutlich gesagt, dass ihr nichts aus Askaaid mitnehmen sollt. Du bist beobachtet worden, Chuck, und die Palastwächter haben sich darüber beschwert, dass du ständig um sie herumgetänzelt bist und sogar gewagt hast, ihre Waffen anzufassen. Aari war sehr ungehalten, dass wir die Gastfreundschaft der Aargonas derart missachten."

„Das war doch nur ein Spaß mit den Wächtern! Und das Messer lag am Boden", murmelte Chuck. „Es is doch nur ein kleines Messer."

„Es geht nicht darum, ob du einen goldenen Stuhl aus dem Palast gestohlen hast oder ein kleines Messer vom Marktstand. Es geht um Glaubwürdigkeit. Und um Respekt."

Chuck lief es heiß und kalt den Rücken hinunter. Verdammt, was sollte er jetzt sagen?

„'tschuldigung", flüsterte er mit einem forschen Augenaufschlag.

Max schüttelte den Kopf. „Du verstehst es einfach nicht, Chuck. Das hier ist die Chance deines Lebens, aber du verbaust es dir immer wieder. Gegen alle Abmachungen schneidest du am Netz herum, sodass das Wrack ins Rutschen kommt. Was hätte da alles passieren können! Und dann belästigst du friedliche Wesen und klaust etwas von unseren Gastgebern. Du stehst kurz vor dem Rauswurf, Junge. Ist dir das klar?"

Chuck schwieg. Leider fielen ihm gerade keine passenden Worte ein, nur ein paar Witze. Aber die wären jetzt sicher fehl am Platz.

„Wenigstens jetzt hätte ich erwartet, dass du verstehst, um welch große Sache es hier geht, Chuck. Das ist kein Kindergarten, in dem du mit einer Sandschaufel auf den Kopf eines anderen Kindes haust!"

Mit diesen Worten erhob sich der Vertrauenslehrer und stapfte zurück ins Lager. Chuck blieb allein zurück.

Seine Gedanken fuhren Achterbahn, Überlegungen wurden auf ihre Tauglichkeit überprüft, wieder verworfen, Lösungen analysiert, Entschuldigungen zurechtgelegt. Doch mit keinem Ergebnis war Chuck zufrieden. Wenn er irgendwie den Kopf aus der Schlinge ziehen wollte, musste er etwas Großes tun, etwas Spektakuläres, das alle begeistern würde.

Chuck musste sich als Held beweisen. Das war es!

„Ich werde noch eins von diesen verdammten Geisternetzen finden“, murmelte er, während er zum Beiboot lief, in dem die Ausrüstung lagerte. „Ihr sollt stolz auf mich sein.“

Wütend und gleichzeitig voller Tatendrang packte er seinen Taucheranzug, stieg hinein, schnappte sich Schnorchel und Flossen und stapfte eilig am Strand entlang. Er wollte längs des Riffs schnorcheln. Dort, wo Doktor Noa noch weitere Netze vermutete, zumindest hatte sie das gestern angedeutet.

Zu seiner Verblüffung wartete Iggy am Strand auf ihn. Hektisch nickte der Blaue Leguan mit dem Kopf, zuckte mit dem Schwanz und blähte seinen Körper auf.

Eine Drohgebärde, das hatte Chuck im Kurs für Selbstverteidigung vom Berggorilla Eko gelernt.

„Was is los, Iggy?“ Mit wiegenden Schritten ging er auf den Leguan zu. „Hast du ein Problem?“

„Dusoniabtau daweidgen. Dumaakapu Chuck.“

Chuck. Seinen Namen hatte er verstanden, aber sonst kein einziges Wort. Konnte das sein? Er verstand den Leguan nicht mehr? Seinen Freund in Whisperworld!

Bestürzt warf Chuck die Flossen auf den Boden, ließ sich

auf Knien in den Sand fallen und sah dem Leguan in die Augen, genau wie Doktor Noa es gesagt hatte, beobachtete seine Mimik, seine Bewegungen.

„Dubiketischer. Dubiegit.“

Doch sosehr Chuck sich auch bemühte, er fühlte sich wie am Anfang, als er nach Whisperworld gekommen war und nichts verstanden hatte. Seine Kehle wurde eng vor Angst. Er hatte alles vergessen. Er konnte die Tiere nicht mehr verstehen!

Fauchend drehte Iggy sich um, schlug noch einmal mit dem Schwanz und lief dann weg.

Chuck ließ er einfach stehen.

„Du blödes Vieh!“, rief Chuck ihm hinterher.

Genervt nahm er den Schnorchel in den Mund, setzte die Taucherbrille auf und warf sich ins Wasser. Dass er seine Flossen an Land vergessen hatte, stellte er schon Sekunden später fest, doch er war zu stolz, um noch einmal zurückzukehren. Wer wusste schon, ob Iggy oder ein anderer dort warten und sich vor Lachen in die Hose machen würde?

Eine Weile schnorchelte Chuck am Riff entlang, bewunderte die Farbenpracht der Korallen und sah den

Fischen zu, die durchs Wasser jagten. Aber bald hatte er das Gefühl, dass er von oben kein Netz entdecken würde, dazu müsste er schon ein bisschen tiefer tauchen.

Wie er es von Lady Poppy gelernt hatte, tauchte Chuck mit seinem Schnorchel ab, glitt geschickt durchs Wasser und beobachtete seine Umgebung. Ein merkwürdig geformtes Stück Holz fiel ihm auf. Konnten sich schon in dieser geringen Tiefe Teile eines Wracks befinden? An denen sich möglicherweise ein Netz verheddert hatte? Das musste er gleich herausfinden, aber zunächst brauchte er eine kurze Verschnaufpause, um wieder an die Oberfläche zu schwimmen und erneut abzutauchen.

Chuck suchte eine geeignete Stelle, um sich mit seinen nackten Füßen möglichst stark abstoßen zu können. Ein Stückchen Felsen unter Wasser, von Algen bewachsen, schien ihm dafür am besten geeignet. Chuck presste seine Füße auf den Untergrund … und erstarrte.

Augenblicklich fühlte er, wie sich spitze Stacheln in seine Fußsohlen bohrten und eine scharfe Flüssigkeit in seine Haut drang. Er war auf einen Steinfisch getreten! Vor diesen Tieren hatte Paul ihn noch vor Kurzem gewarnt. Chuck spürte brennende Schmerzen, er hatte das Gefühl, dass seine Füße anschwollen, schaffte es aber nicht, sie zu berühren. Ein prickelndes Gefühl, als wäre er in eine Steckdose getreten, breitete sich in ihm aus.

Dann wurde ihm schwindelig.

Chuck verlor das Bewusstsein.

Er bekam nichts davon mit, dass Akula und ein anderer Hai ihn, wie vor einigen Tagen Paul, zwischen ihre Körper pressten und an die Wasseroberfläche trugen, damit er Luft bekam. Er war immer noch ohnmächtig, als Doktor Noa und Max nach einem Hinweis von Iggy ins Wasser rannten und Chuck dankbar von den Haien entgegennahmen. Chuck merkte auch nicht, wie die beiden ihn, umringt von den anderen Tierflüsterern, auf einer Trage ins Lager schleppten. Auch die Spritzen, die Silvester ihm verpasste, und den Verband, den er um seine Füße wickelte, nahm er nicht wahr.

Auf seinem Krankenlager träumte Chuck lange, wirre Träume. In einem schenkte ihm seine Mutter einen kleinen Hund als Haustier und freute sich mit ihm über die ulkigen Bewegungen des Welpen. In einem anderen Traum tauchte er mit einem Dreizack, mit dem er schließlich ein riesiges Netz vom Meeresboden hob, woraufhin er in ganz Whisperworld als Held gefeiert wurde. Beim dritten, immer wiederkehrenden Albtraum, in dessen Verlauf Chuck mehrfach laut aufschrie, sah er vor seinem inneren Auge ein Schiffswrack, das sich auf Paul zubewegte, und Chuck konnte nichts dagegen tun.

Müde und fiebrig lag er einfach nur da und registrierte, dass sich abwechselnd Amy, Coco, Enisa, Mohit und Paul um ihn kümmerten, ihm die schweißnasse Stirn abtupften oder ihm löffelweise Flüssigkeit in den Mund schoben.

Es dauerte zwei Tage, bis Chucks Fußsohlen wieder so abgeschwollen waren, dass er laufen konnte.

„Heute kann ich wieder auftreten, ich bin ganz sicher", erklärte er mit strahlendem Lächeln, als Silvester in die provisorische Hütte trat, die Lady Poppy, Mohit und Enisa aus Palmblättern und Strohmatten extra als Krankenstation gebaut hatten.

Zu seinem Erstaunen erwiderte Silvester das Lächeln nicht, sondern machte sich schweigend an seinem Medizinkoffer zu schaffen.

„Silvester?" Chuck setzte sich auf.

Der große, durchtrainierte Lehrer baute sich vor Chuck auf. „Dir ist nicht wirklich klar, was los ist, oder?"

Unsicher schüttelte Chuck den Kopf.
„Doc wird gleich hier sein und dir alles erklären."
Mit diesen Worten verschwand Silvester und Chuck hatte auf einmal, seit vielen Monaten, wieder dieses Gefühl, das seine Brust einschnürte.
Keiner wollte ihn. Alle waren froh, wenn er nicht da war.
„Hallo, Chuck." Doktor Noa zog den Kopf ein, um durch die blättrige Tür ins Innere der Krankenstation zu gelangen. „Wir alle sind froh, dass du wieder gesund bist. Vielleicht weißt du es gar nicht, aber du liegst seit zwei Tagen im Bett, hast gefiebert und wilde Sachen erzählt." Sie strich sich über ihr Haar. „In dieser Zeit haben wir uns von den Aargonas verabschiedet, über deren Sicherheit ab jetzt Ugum wachen wird. Auch unser Schildkrötenprojekt hat sich bestens entwickelt, alle Schlüpflinge haben ihren Weg ins Meer gefunden. Eure Arbeit als Tierschützer war ein großer Erfolg. Die Haie, allen voran Akula und Havur, suchen weiter nach Geisternetzen und halten uns über jede kleine Veränderung hier im Nachtblauen Meer auf dem Laufenden. Und natürlich werden wir ab jetzt Vorkehrungen treffen, damit Leute wie ...", sie schluckte, „Devin Dolor Whisperworld nicht zur Spielwiese ihrer

Interessen machen. Wir können in den Deepwood zurückkehren."

Chuck lächelte verlegen. „Cool. Ich freu mich."

Doch Doktor Noa verzog keine Miene, sondern sah ihn aus dunklen Augen an. „Aber, Chuck, du kehrst nicht mit uns zurück in den Dschungel. Du wirst Whisperworld verlassen müssen. Du hast gegen zu viele Regeln verstoßen, Abmachungen gebrochen und auch noch gestohlen. Du hast dich und vor allem andere in große Gefahr gebracht. Silvester wird dich, sobald es geht, wieder nach Hause bringen. Es tut mir leid, Chuck, viel mehr, als du vielleicht ahnst!"

Kapitel 16

Abschied

Der Himmel an diesem Tag war wolkenlos und azurblau, das Meer glatt und flach wie eine Scheibe. Ein stetiger Wind blähte das Segel der *Humboldt.* Traumwetter.
Paul stand am Heck und blickte auf die Haie, seine Haie, die das Schiff zum Abschied bis zur Einmündung in den Krokodilfluss begleiten wollten. So hatte es Akula ihm versprochen. Den riesigen Geier mit blauer Färbung, der auf dem Steuerstand hockte, bemerkte er nicht.
Paul verspürte ein flaues Gefühl im Magen, aber das lag nicht nur daran, dass er die Haie verließ und wieder in den Deepwood zurückkehrte, es hing vor allem mit Chuck zusammen. Irgendwie war ihm der Typ mehr ans Herz gewachsen, als er sich selbst bis jetzt eingestanden hatte. Chuck war, trotz all seiner Fehler und seiner unbequemen Art, ein Freund geworden. Und jetzt musste Chuck Whisperworld verlassen.
„Du hättest auch nie gedacht, dass sie es wirklich machen,

oder?“, fragte Coco mit belegter Stimme. Man sah ihr an, dass sie geweint hatte.

Paul schüttelte den Kopf.

„Und wenn wir noch mal mit Doc und den anderen reden?“, schlug Amy vor.

Die beiden Mädchen waren mit Enisa und Mohit zu Paul an die Reling getreten, Chuck war nicht dabei. Er hatte sich sofort unter Deck begeben und zwischen Kissen und Decke in seiner Koje verbuddelt. Seither hatte ihn keiner mehr gesehen.

„Chuck muss es selbst tun“, sagte Enisa. „Wir haben die ganze Nacht auf Doc, Silvester, Max und Lady Poppy eingeredet. Chuck hat geschwiegen.“

„Enisa hat recht.“ Mohit strich sich eine Strähne seiner dunklen Haare aus dem Gesicht. „Er kann sich nicht immer darauf verlassen, dass die anderen seine Fehler wiedergutmachen.“

„Hm. Ich muss nachdenken.“

Amy blickte auf die Schildkröten, die gerade neben dem Schiff aufgetaucht waren.

Paul tat es ihr nach, auch die anderen Jungen und Mädchen blickten über die Reling. Was für ein

Anblick! Tortuga und all die Grünen und Schwarzen Meeresschildkröten, die Karettschildkröten und ... Paul stutzte.

Er hätte schwören können, dass zwischen den Schildkröten ein paar goldene Hörner aus dem Wasser ragten. Seine Hand glitt in seine Hosentasche, aus der er vorsichtig einen scharfen Gegenstand fischte und wie zum Zeichen des Dankes und des Abschieds für die Aargonas vor seinem Gesicht hin und her schwenkte. Es war das Messer, das Aari am Vortag beim Abschied jedem Lehrer und Tierflüsterer überreicht hatte.

„Ironie des Schicksals", murmelte Paul und steckte das Messer wieder ein. „Chuck hätte es gar nicht klauen müssen."

„Das ist wirklich bitter", flüsterte Enisa neben ihm.

Amy stieß einen spitzen Schrei aus. „Oh, seht doch mal, da ist wieder der Wal! Der Finnwal, der neben meinem Stand-up-Paddle-Board war. Ich bin sicher, dass er es ist!"

Gemächlich schwamm der lange Meeressäuger auf das Schiff zu, hob seinen Kopf aus dem Wasser und blies eine hohe Fontäne in die Luft, bevor er wieder abtauchte und verschwand.

Amy wischte sich ein paar Tränen aus den Augenwinkeln. „Ich weiß gar nicht, ob ich nicht lieber hier am Meer bleiben möchte."

„Wir werden dort nur einige Zeit bleiben", mischte sich Doktor Noa ein, die hinter der Gruppe aufgetaucht war. „Es gibt noch so viele Gebiete in Whisperworld, die wir nicht bereist haben, und einige, die wir erst noch entdecken und erforschen müssen."

Von den Mädchen und Jungen unbemerkt hatten sich auch Lady Poppy und Max zu den Tierflüsterern gesellt, um die Abschiedsvorstellungen der Tiere nicht zu verpassen. Silvester hatte das Steuer von Lady Poppy übernommen. Paul wusste, dass Silvester nicht gern über Gefühle redete, genau wie Chuck. Wenn es darum ging, verbal Konflikte zu lösen, zog Silvester sich lieber zurück und schwieg. Ruhig stand er am Steuer, den Blick nach vorn, in die Zukunft, gerichtet. Doch diese Ruhe war reine Beherrschung, das ahnte Paul. Man sah Silvester an, dass er unter Chucks Rauswurf litt, zudem war er es, der ihn wieder nach Hause bringen musste. Dorthin, wo vor vielen Wochen für Paul und seine Freunde die Reise nach Whisperworld begonnen hatte.

„Kann ich mich noch ma für mein Verhalten entschuldigen?" Mit bleichem Gesicht stand Chuck auf den Schiffsplanken und blinzelte die Gruppe unsicher an. „Ich … ich machs besser, also … wenn ich noch 'ne Chance krieg."

Doktor Noa seufzte und wollte schon antworten, als Lady Poppy ihr sanft die Hand auf die Schulter drückte.

„Lass mich reden, Eleonor." Sie sah Chuck in die Augen. „Du bist ein feiner Kerl, Chuck, aber unsere Entscheidung, und ich betone noch mal, dass es die Entscheidung aller anwesenden Lehrer ist, also auch von Carlos und Iggy … unsere Entscheidung steht fest. Du wirst uns verlassen. Silvester bringt dich mit dem Flugzeug nach Beagle Cove, dort wird ein Flughafenmitarbeiter für den Transport zu deiner Mutter sorgen."

Paul hatte sich aufgesetzt und blickte zu Chuck, der immer wieder seine Snapback vom Kopf nahm, sich über die Haare strich und die Kappe wieder aufsetzte. Paul hatte einen Kloß im Hals. Chuck tat ihm unendlich leid.

Roaaaaaar!

Plötzlich ertönte Carlos' wütendes Brüllen. Er hatte den Geier entdeckt.

Mit einem Geräusch, als würde er den Löwen auslachen, breitete der Geier seine Flügel aus und verschwand.

„Ein Altweltgeier", murmelte Doktor Noa. „Das ist nicht gut."

Aber bevor jemand eine Antwort gab, schlich Carlos zu Chuck und baute sich vor ihm auf.

„Du hast uns enttäuscht", knurrte der Löwe, „aber das kann jedem mal passieren, das kann man auch wiedergutmachen. Was man nicht gutmachen kann, sind die vielen Chancen, die du nicht genutzt hast. Dein Egoismus war dir wichtiger als die Gruppe. Zwei Prüfungen hast du deshalb nicht bestanden und wir hatten vorher die Möglichkeit angekündigt, dass ein angehender Tierflüsterer Whisperworld verlassen muss, wenn er mehrere Prüfungen nicht schafft."

Carlos legte den Kopf in den Nacken und brüllte seine Wut und seinen Schmerz über Chucks Verhalten über das weite Meer hinaus, wo es der Wind bis zur Schildkröteninsel trug.

„Aber", Chuck schnappte nach Luft, „wieso zwei? Die Prüfung mit dem Geisternetz ham wir doch geschafft. Hat Doc gesagt!"

Doktor Noa verschränkte die Arme vor dem Bauch. „Ja, Chuck. Da wusste ich aber noch nicht, dass du wieder gegen Regeln verstoßen und die Schildkröte freigeschnitten hast. Vielleicht hast du es gut gemeint, aber Whisperworld ist zu gefährlich, als dass jeder machen und meinen kann, was er möchte. Unsere Regeln sind überlebenswichtig."

Max räusperte sich. „Ich kann nicht ewig den Babysitter für dich spielen, Chuck, auch wenn ich dich wirklich mag. Whisperworld verlangt viel, gibt aber auch viel. Wer darauf keine Lust hat, der ist fehl am Platz." Er schluckte trocken.

Chuck verzog verächtlich die Mundwinkel. Paul konnte sehen, dass er im nächsten Moment ein paar gemeine Worte ausspucken würde. Worte, die er sicher bereuen würde.

„Tus nicht, Chuck", sagte er bestimmt.

Der Blick, den Chuck ihm daraufhin zuwarf, war nicht wütend oder gehässig, sondern müde und traurig.

Jeder an Bord sah, wie Chuck mit sich rang, wie er versuchte, die Fassung nicht zu verlieren.

Es war Amy, die ihm zu Hilfe kam. „Vielleicht ist es einfach der falsche Zeitpunkt gewesen. Für dich und Whisperworld. Aber es ist nicht das Ende. Du nimmst

so viel mit von hier, du hast so viel gelernt. Und wir", sie deutete auf Coco, Enisa, Mohit, Paul und sich, „wir bleiben deine Freunde. Immer!"
„Eine Sache müssen wir auch noch klären." Iggy wackelte bedächtig mit seinem Kopf. „Geheimhaltung."
„Übernimm mal, Max", rief Silvester vom Ruder. „Ich möchte auch meinen Senf dazugeben."
Als Max ihn abgelöst hatte, baute er sich vor Chuck auf. „Wir haben dir unsere Entscheidung mitgeteilt, Chuck. Jetzt haben wir noch eine Bitte, einen großen Wunsch an dich. Jedes Kind auf der Welt kennt die Legende von Whisperworld und den Tierflüsterern. Aber du, Chuck, du weißt jetzt, dass die Legende wahr ist. Whisperworld ist real. Du hast selbst gesehen, dass bedrohte oder im Rest der Welt schon ausgestorbene Tierarten hier in Frieden leben. Doch dieser Friede kann nur gesichert werden, wenn du über alles schweigst, was du hier erlebt hast."
Chuck strich sich eine Haarsträhne hinter die Ohren und knetete verlegen seine Hände.
Carlos erhob sich, schritt behutsam auf Chuck zu und rieb so lange den Kopf an seinen Beinen, bis der Junge lächeln musste.

„Tu es für mich, Chuck“, knurrte Carlos. „Und für Iggy, Ummi, Eko, Lola und all die anderen.“
„Du darfst weder erzählen, wie du hierhergekommen bist, noch, welche Tierarten dir begegnet sind“, mahnte Silvester. „Du weißt, dass es nur zwei Karten von Whisperworld gibt, Docs und meine, und ein Buch, das vom Land der Tierflüsterer erzählt. Dabei soll es bleiben. Ich hoffe, Whisperworld kann sich auf dich verlassen.“
Chuck senkte den Blick.
„Können wir auf dich zählen, Chuck?“
Ein leichtes Kopfnicken war die Antwort.
Auf Pauls Armen und Beinen bildete sich eine Gänsehaut.
„Komm schon her, du Nervzwerg, und lass uns wenigstens die letzten gemeinsamen Stunden genießen.“ Amy schlang den Arm um Chucks Schulter.
Coco, Enisa, Mohit und Paul rückten näher zusammen und legten ebenfalls einen Arm um Chuck oder um die Person, der sie am nächsten waren.
Lola flatterte auf die Reling, direkt in Augenhöhe zu Chuck. „Könntest du mir einen Gefallen tun, Chuck? Wenn du wieder zu Hause bist, dann kümmere dich um Buddy.“

Chuck drehte den Kopf und sah den Karolinasittich irritiert an. „Wer is Buddy?"
Lola keckerte vergnügt. „Das ist der kräftige weiße Bullterrier, der dich vor deinen mobbenden Kumpels aus der Schule gerettet hat. Buddy lebt allein in der alten Schuhfabrik am Ende deiner Stadt. Er ist dir ziemlich ähnlich, Chuck. Und er braucht einen Freund. Genau wie du."
Das Gesicht von Chuck hellte sich auf. Wenigstens ein Lichtblick in seinem Leben.
„Schaut euch das an, ist das nicht fantastisch?" Amy deutete auf das Wasser, das vom Tiefblau in ein dunkles Grün überging, als sie in den Krokodilfluss einbogen. Rechts und links von ihnen, an den Ufern, beugten sich die Palmen ins Wasser, als wollten sie davon trinken, Kautschukbäume und etliche Mangroven säumten den Fluss. In ihren Wipfeln tobten Nasenaffen, Schimpansen und Löwenäffchen, neonfarbene Kolibris stoben in die Höhe, als Carlos sein durchdringendes Brüllen erschallen ließ. Der Löwe spürte, dass er bald wieder zu Hause im Deepwood war.
„Es ist schön", gab Chuck zu. „Und ich könnte mich

in den Ar…, sorry, in den Hintern beißen, dass ich es verkackt habe. Also … äh … dass ich mich schlecht verhalten habe“, verbesserte er sich. „Und dass ich jetzt wieder nach Hause muss. Meine Mutter wird nicht begeistert sein und in der Schule werde ich wahrscheinlich noch mehr geärgert. Aber … *so what?* Selbst schuld.“
Er zuckte mit den Schultern und grinste schief. „Na, wenigstens habe ich von Eko Selbstverteidigung gelernt. Wenn es nötig ist, werde ich nicht weglaufen oder mich wegducken, sondern mich wehren.“
„Wir werden dir schreiben, Chuck. Genau wie unseren Eltern werden dir die eingeweihten Botschafter außerhalb von Whisperworld Post vorbeibringen“, schlug Coco vor. „Natürlich nur, wenn du möchtest.“
Chuck nickte verlegen. „Kannst mir ja auch mal so ein Notizbuch machen … mit lauter Infos über Tiere und so. Als kleines Andenken an Whisperworld.“
Paul knuffte Chuck in die Schulter. „Wenn wir fertig sind mit unserer Ausbildung als Tierflüsterer, kommen wir dich besuchen.“
Mohit prustete. „Und bringen dir ein paar Käfer mit.“
„Sehr witzig“, knurrte Chuck. „Da kann ich

wahrscheinlich lange drauf warten, bis sich einer von euch in meinem Nest sehen lässt. Würde ich auch nicht unbedingt besuchen, wenn ich nicht müsste.“

Enisa drückte seine Hand. „Man sieht sich immer zweimal, hat meine Großmutter oft gesagt.“

Haie, Wale und Meeresschildkröten waren verschwunden, dafür badeten im Krokodilfluss wieder Flusspferde und Krokodile versuchten, sich als Schwemmholz zu tarnen oder möglichst unsichtbar zu machen.

Die Sonnenstrahlen, die durch die dichten Blätter der Bäume auf den Fluss schienen, kamen den Betrachtern vor wie eine Ansammlung kleiner Lichtpunkte, strahlend und hell wie Diamanten.

Und auf einmal hörten Amy und Coco, Chuck, Enisa, Paul und Mohit ein Rufen, das zunächst kaum vernehmbar war, dann lauter wurde und schließlich als sanftes Flüstern über das dunkle Wasser schwebte:

Tierflüsterer, wir rufen dich!

Tierflüsterer! Wir brauchen deinen Schutz.

Die Mädchen und Jungen sahen sich überrascht an. Jeder versuchte herauszufinden, ob der andere es auch gehört hatte. Und wer gerade gerufen worden war.

Coco, Mohit und Paul konnten es nicht sein, sie waren von ihrer Art bereits auserwählt worden. Blieben noch Amy, Chuck und Enisa.

Tierflüsterer, wir rufen dich!

Da … schon wieder.

Ein leises Rufen, das wie ein Hauch über das Schiff wehte, mit dem Wind am Segel entlang in den Himmel stieg und von den Wolken getragen davonschwebte.

Das Flüstern von Whisperworld!

Glossar Whisperworld

Eine nicht vollständige Sammlung der hier erwähnten Tiere und Tierwesen

Vom Aussterben bedrohte, stark gefährdete und gefährdete Tierarten

WEISSER HAI: Er gehört zur Familie der Heringshaie und ist durchschnittlich zwischen drei und sechs Meter lang und maximal 2000 Kilogramm schwer. Bei ausgewachsenen Tieren können die Zähne eine Länge von über sieben Zentimetern erreichen. Der Weiße Hai ist die am meisten geschützte Haiart der Welt und dennoch stark gefährdet. Vor den Küsten Australiens und der USA wird er vor allem von Sportfischern gejagt. Für Zähne und Kiefer eines Weißen Hais werden hohe Summen bezahlt. Im Mittelmeer leidet der Weiße Hai vor allem durch die Veränderungen seines Lebensraumes, durch die Gewässerverschmutzung und den Rückgang seiner Hauptnahrung, des Thunfischs.

SCHWARZSPITZEN-RIFFHAI: Mit einer Körperlänge von bis zu zwei Metern gehört der Schwarzspitzen-Riffhai zu den mittelgroßen Haien. Auffällig sind seine breite, stumpfe Schnauze und die markante schwarze Spitze der ersten Rückenflosse. Der Schwarzspitzen-Riffhai ist ein gewandter und schneller Schwimmer, er bevorzugt flaches Wasser. Bei dieser Haiart ist der Geruchssinn besonders gut entwickelt. Aktuell sind seine Bestände zwar nicht vom Aussterben bedroht, aber durch Sportfischerei, die Zerstörung seiner Lebensräume, hier vor allem der Korallenriffe, und die Wasserverschmutzung auf jeden Fall gefährdet.

GANGES-GAVIAL: Mit einer Körperlänge von fünf bis sieben Metern gehört dieses Reptil zu den größten noch lebenden Krokodilarten. Wie der Name sagt, kommt der Ganges-Gavial vor allem in Indien (Fluss Ganges) und Nepal vor. Sein Kennzeichen ist die lange, schmale Schnauze. Diese nutzt er als Werkzeug, um Fische zu fangen. Menschen oder größere Säugetiere stehen nicht auf seinem Speiseplan. Der Ganges-Gavial ist vom Aussterben bedroht, weil er lange Zeit illegal gejagt wurde, um Schuhe oder Taschen aus seiner Haut zu fertigen. Inzwischen steht er unter striktem Schutz, sein Lebensraum ist jedoch zunehmend gefährdet.

IRAWADI-DELFIN: Seinen Namen bekam er von einem Fluss in Myanmar, in dem dieser Delfin vorkommt. Charakteristisch sind seine wulstige Stirn und die kurze Schnauze. Der Irawadi kann bis zu 2,8 Meter lang und 150 Kilogramm schwer werden. Er kommt in Flüssen, im Brackwasser und in flachen Küstengewässern vor. Hier stellen Anti-Hai-Netze, Fähren, Bootsverkehr, Wasserverschmutzung und illegale Fangmethoden extreme Gefährdungen für den Irawadi dar. Er gilt als stark gefährdet oder sogar vom Aussterben bedroht.

GOLDENES LÖWENÄFFCHEN: Noch in den 1990er-Jahren galt diese Art als vom Aussterben bedroht, inzwischen wurde sie auf stark gefährdet zurückgestuft. Die Zuchtarbeit von Zoos hat zu einem Anstieg der Bestände dieses Äffchens geführt. Das seidige Fell des Goldenen Löwenäffchens ist goldgelb gefärbt, Vorderpfoten und Schwanz schwarz oder braun, das dunkle, nicht behaarte Gesicht ist von einer Mähne umgeben, daher der Name Löwenäffchen. Wie alle Löwenäffchen kommt auch das Goldene Löwenäffchen nur in Brasilien vor. Vorrangig durch die Abholzung der Regenwälder ist sein Lebensraum dort stark bedroht.

GORILLA: Diese beeindruckenden Menschenaffen können in freier Wildbahn bis zu 175 cm groß und 200 kg schwer werden. Sie haben ein dunkles Fell, das bei den Männchen im Laufe des Lebens heller wird, weshalb sie dann auch Silberrücken genannt werden. Gorillas sind durch die Zerstörung ihres Lebensraums sowie Kriege und Krankheiten bedroht.

CHINA-ALLIGATOR: China-Alligatoren leben in Sümpfen, Teichen, Seen und Flüssen und können über zwei Meter lang werden. Sie gelten als stark gefährdet, da sie bis heute illegal gejagt und ihre Lebensräume zerstört werden. Es gibt aber Versuche, Nachwuchs zu züchten, um die Art zu erhalten.

SCHIMPANSE: Die Bestände der Schimpansen sind gefährdet. Menschen sind ihre größten Feinde, obwohl Schimpansen als nächste noch lebende Verwandte des Menschen gelten. Immer mehr Wälder werden abgeholzt, um Holz oder Flächen für die Landwirtschaft zu gewinnen. Außerdem geraten immer mehr menschliche Krankheitserreger zu den Menschenaffen, die keine Abwehrkräfte dagegen haben. Es gibt Leute, die sich junge Affen kaufen und wie Spielzeug behandeln. Das Fleisch der Schimpansen wird als sogenanntes Bush Meat verkauft.

BLAUER LEGUAN: Iggy gehört zur stark gefährdeten Art der Blauen Leguane und ist damit eines der seltensten Tiere der Welt. Lange Zeit wurden diese Leguane von Menschen als Nahrung erlegt oder von ihren Haustieren gejagt und getötet.

Die auch als Grand-Cayman-Leguan bezeichnete Art findet man eigentlich nur auf der Insel Grand Cayman. Dort werden inzwischen auch Blaue Leguane gezüchtet, damit sie nicht aussterben.

LÖWE: Afrikanische Löwen wie Carlos sind gefährdet, seit 1980 ist ihr Bestand um die Hälfte geschrumpft. Wilderer und Bauern, die ihr Weideland vergrößern oder schützen wollen, machen den Löwen das Leben schwer. Der asiatische Löwe ist sogar stark gefährdet.

LUCHS: Der Luchs, wegen seiner auffälligen Ohren auch „Pinselohr" genannt, lebt als Einzelgänger in großen Waldgebieten. Die Raubkatze war einst in Westeuropa weit verbreitet, doch wegen der gezielten und gnadenlosen Verfolgung durch den Menschen wurde die größte Katze Europas beinahe ausgerottet.

SUMATRA-ELEFANT: In den letzten knapp 30 Jahren ist der Bestand der Sumatra-Elefanten stark zurückgegangen und die Zahl der in freier Wildbahn lebenden Tiere um die Hälfte geschrumpft. Hauptursache dafür ist das Verschwinden ihrer Lebensräume, zu viel Regenwald wird in landwirtschaftliche Nutzflächen verwandelt. Wissenschaftler gehen davon aus, dass diese nur auf Sumatra vorkommende Art in 30 Jahren ausgerottet sein könnte.

MAUI-DELFIN: Maui-Delfine sind die seltensten und kleinsten Meeresdelfine der Welt. Sie haben rundliche Körper mit schwarzen Markierungen und eine schwarze, abgerundete Rückenflosse. Maui-Delfine leben ausschließlich in den Küstengewässern von Neuseeland und sind aktuell von der Ausrottung bedroht. Unter anderem die Kiemen- und Schleppnetzfischerei, Umweltverschmutzung, Krankheiten und der Klimawandel setzen diesen Tieren stark zu.

FLUSSPFERD: Die Flusspferde sind eine Familie der Säugetiere und gehören zu den bekanntesten Wildtieren in Afrika. Man unterscheidet das (Groß-)Flusspferd und das Zwergflusspferd, die letzten noch lebenden Vertreter dieser ehemals großen Familie. Beide Arten unterscheiden sich deutlich voneinander. Das (Groß-)Flusspferd kann über drei Meter lang und über drei Tonnen schwer werden, das Zwergflusspferd nur etwa so groß wie ein durchschnittlicher Erwachsener und etwa 280 kg schwer. Durch Wilderei und die Zerstörung ihrer Lebensräume sind die Bestände der Flusspferde inzwischen gefährdet oder sogar stark gefährdet.

NASHORNVOGEL: Etwa 55 Arten dieses Vogels, der auch einfach Hornvogel genannt wird, sind bekannt. Alle haben einen langen, dicken und gebogenen Schnabel mit ungewöhnlichen

Auswüchsen, den „Hörnern". Die kleinsten Hornvögel sind 30 Zentimeter groß, die größten erreichen Gesamtlängen über 1,5 Meter. Ihre Verbreitungsgebiete sind die Tropen Asiens und Afrikas. Bei den verschiedenen Arten des Nashornvogels reicht die Gefährdungsstufe von „Gefährdung anzunehmen" bis „vom Aussterben bedroht". Grund ist der Verlust ihres natürlichen Lebensraumes.

MEERESSCHILDKRÖTE: Sieben Arten von Meeresschildkröten gibt es weltweit, sechs der sieben stehen auf der Roten Liste der bedrohten Arten. Meeresschildkröten sind die ältesten noch lebenden Reptilien. Sie sind in den meisten Ländern und auch vom internationalen Handel streng geschützt, trotzdem gehen ihre Bestände dramatisch zurück. Ihre Eier werden eingesammelt und gelten in vielen Ländern als Delikatesse. Meeresschildkröten werden für ihr Fleisch und ihren Panzer gejagt. Die Klimakrise, die Erschließung von immer mehr Stränden und die Fischerei, bei der viele Meeresschildkröten als Beifang im Netz landen, bedrohen ihre Existenz.

FINNWAL: Er hat einen langen, schlanken Körper, kann bis zu 25 Meter groß werden, die obere Körperhälfte ist dunkelgrau oder bräunlich, der Bauch weiß. Mit bis zu 80 Tonnen Gewicht ist der Finnwal nach dem Blauwal das zweitgrößte

Tier der Erde und der nächste Verwandte des Blauwals. Durch Walfang wurden die Bestände des Finnwals stark verkleinert, heute ist das Jagen nur noch in Island erlaubt, der Finnwal gilt als gefährdet. Das Wasser bei der Schildkröteninsel ist ihm eigentlich zu warm, aber vielleicht war er nur auf der Durchreise.

Ausgestorbene Tierarten / wahrscheinlich ausgestorbene Tierarten

KAROLINASITTICH: Der Karolinasittich stammte aus der Familie der Eigentlichen Papageien und war in Nordamerika zu Hause. Er bewohnte hohle Bäume an Flussläufen und in Sümpfen. Farmer sahen ihn jedoch als Schädling an und machten Jagd auf den farbenfrohen Karolinasittich. 1904 wurde das letzte Exemplar in freier Wildbahn getötet.

DODO: Der Dodo war ein großer Vogel auf Mauritius, der jedoch mit seinen kleinen Flügeln nicht fliegen konnte. Er wurde erst 1598 entdeckt und starb bereits weniger als 100 Jahre später aus, da eingeschleppte Haustiere seine Eier fraßen oder er von Menschen gejagt wurde.

MOA: Innerhalb von 120 Jahren wurde der bis zu 3,60 Meter große und 250 Kilogramm schwere Riesenvogel, von dem es allerdings auch wesentlich kleinere Exemplare gab, ausgerottet.

Mit der ersten Besiedlung Neuseelands wurden die Moas so lange von Menschen gejagt, bis sie ganz verschwunden waren.

DREIFARBEN-ARA: Die Vogelart aus der Familie der Papageien mit einer Größe von 50-60 Zentimetern lebte noch um 1800 relativ häufig auf Kuba, daher auch der zweite Name Kuba-Ara. Die schnelle Besiedlung und die zunehmende landwirtschaftliche Nutzung der Insel führten innerhalb kurzer Zeit zur Ausrottung des Dreifarben-Aras. Die letzte Sichtung in freier Wildbahn wird auf das Jahr 1864 datiert.

SANSIBAR-LEOPARD: Vor langer Zeit war Sansibar mit Urwald bedeckt, bis ein großer Teil des Regenwaldes gerodet wurde. Einzigartige Tiere sind seither verschwunden, auch der Sansibar-Leopard, eine Unterart des Leoparden, die nur dort vorkam. In vielen Fällen wurden die Tiere auch gejagt, weil sie in Verbindung mit vermeintlichen Hexen gebracht wurden. Der Sansibar-Leopard gilt seit mehr als 25 Jahren als ausgestorben, jetzt haben Forscher angeblich wieder ein Exemplar gesichtet.

Pflanzen / Landschaftsformen

ATOLL: Ein Atoll ist ein ringförmiges oder ovales Riff, eine Erhebung im Meer, meistens ein Korallenriff, das eine Lagune umschließt. Atolle kommen nur in tropischen Gewässern vor. Zahlreiche Atolle sind vom Klimawandel, hier vor allem von der Erwärmung der Meere und dem Anstieg des Meeresspiegels, bedroht.

KOKOSPALME: Die einzelnen Teile kaum einer anderen Nutzpflanze auf der Erde lassen sich so vielfältig verwenden wie die der Kokospalme. Von der Wurzel bis zur Krone werden alle Bestandteile des Baumes verwertet, daher auch ihr Name „Baum des Lebens". Pro Jahr bilden sich etwa 30 bis 40 Nüsse an der Kokospalme, an optimalen Standorten können es sogar bis zu 150 sein. Das Wasser der Kokosnuss ist ein wichtiges Nahrungsmittel und sehr gesund, das Kokosfleisch schmeckt frisch. Aber eigentlich ist die ganze Kokospalme ein Vorratskeller. Aus ihren Fasern werden Kokosstricke gemacht, die Blätter werden zu Besen, Flechtwaren oder Material zum Dachdecken.

KORALLENRIFF: Korallenriffe sind die größten von Lebewesen geschaffenen Strukturen der Erde. Sie bestehen unter anderem aus Kalk. Auf den Oberflächen der Korallen siedeln sich unzählige Pflanzen und Lebewesen an und bilden so eigenständige Biotope. Bereits ein Fünftel aller Riffe weltweit ist verschwunden, weitere fünfzig Prozent sind gefährdet. Grund dafür sind u. a. die Erwärmung des Wassers und Fischerei.

STRANDKOHL: Die auch als Meerkohl bezeichnete Pflanze ist als Nutzpflanze fast vergessen, lediglich in einigen Ländern wird sie als Delikatesse wie eine Art Spargel gegessen. Der Strandkohl ist ausgesprochen genügsam. An dicken Blütenstielen erblühen seine weißen, kreuzförmigen Blüten.

GUMMIBAUM: Den Gummibaum kennen viele als kleine Zimmerpflanze. In freier Natur kann er aber bis zu 40 Meter groß werden! Bei Verletzungen der Rinde gibt er einen weißen Saft ab, der zur Herstellung von Gummi verwendet werden kann.

MANGROVE: Charakteristisch für diese Pflanzen sind ihre auffallenden Wurzeln, mit denen sie selbst in weichem Untergrund Halt finden. Wie Stelzen ragen die Wurzeln der Mangrove aus dem Wasser und bieten zahlreichen Tieren Unterschlupf. Mangroven sind eines der ressourcen- und artenreichsten Ökosysteme der Welt.

Fantastische Tierwesen

MIRACORN: Dieses kleine Flugwesen ist vorrangig nachtaktiv und beginnt in der Dunkelheit zu leuchten. Miracorns haben einen käferähnlich geschuppten, schillernden Körper, dessen Unterleib wie eine winzige Lampe funktioniert. Der Miracorn ist jedoch kein Käfer, sondern ein Wesen mit Händen, Armen, Beinen und einem menschen- oder koboldähnlichen Kopf. Ausgewachsene Miracorns sind etwa so groß wie ein Zeigefinger.

AARGONAS: Diese Wesen gehören zu den Fischen, erinnern jedoch an Nixen oder Meerjungfrauen.

Sie haben goldene Hörner auf dem Kopf, Fischschwänze und menschliche Oberkörper, die Köpfe haben allerdings, bis auf die langen Haare, nichts Menschliches, sondern erinnern mit ihren Fühlern und den großen Augen eher an Insekten. Aargonas können auch für kurze Zeit Luft atmen, in Wangenhöhe haben sie für das Leben unter Wasser jedoch Kiemen, die denen von Haien ähneln. Die Arme der Aargonas enden in dreifingrigen Händen mit Schwimmhäuten. Vor langer Zeit gab es Aargonas in allen Weltmeeren, wegen der Jagd auf ihre Hörner aus purem Gold verzogen sich die Wesen jedoch an geheim gehaltene Orte.

BARBARA ROSE ist Kinder- und Jugendbuchautorin und Journalistin. Bevor sie mit dem Schreiben anfing, hat sie Sendungen für Kinder und Jugendliche im Radio moderiert und sich Geschichten fürs Fernsehen ausgedacht. Sie wohnt mit ihrem Mann, vier Kindern, Hund Molly und vielen anderen Tieren in der Nähe von Stuttgart. Aber häufig ist sie auch an einem anderen Ort anzutreffen … in Whisperworld!

ALINA BROST, geboren 1996, studierte Kommunikationsdesign mit dem Schwerpunkt Illustration. Sie ist fasziniert von magischen Welten und stets auf der Suche nach neuen Abenteuern in Büchern aller Art. Sie lebt mit ihrem Partner und vier Katzen in Augsburg.

Chuck muss Whisperworld verlassen! Ein Schock für ihn und seine Freunde. Wie soll es ohne Chuck weitergehen? Im vierten Band erkunden die Tierflüsterer gleich zwei Unknown Territories und dort warten ein paar kleine und große (geflügelte) Überraschungen auf sie.

Lies auch den vierten Band:
Whisperworld – Gefahr im Sumpf
Dieses Buch erscheint im Herbst 2023